VAISA
de esquina

Coleção de literatura
brasileira contemporânea

Ninguém abandona o Paraíso pela porta da frente

/

Helena Cerello

Ninguém abandona o Paraíso pela porta da frente

/

Helena
Cerello

Editora Quelônio

quarto da fazenda, 2016

segunda-feira, 10h

Ame o outro como ama a si mesmo um narrador pervertido em primeira pessoa. Mas antes abra a janela. Ouço por debaixo da barba, no quarto principal da fazenda centenária. Eis o milagre. Nós estamos juntos há vinte e um anos, a atriz com o focinho atrevido e seu marido bem mais velho, diretor de cinema-gênio-escamoteador. A escritora, que sou eu, nasce atrás da cortina, ostentando caprichos e a melhor champagne, sem tempo para lágrimas de quem sabe ter dedos ávidos por anéis e justiça. Que mania ele tem de acender a luz de manhã. Isso sim é imperdoável. Eu não queria mais ir em frente, a distrair um Deus-praga por quem eu me deixei sugar em troca do passaporte precipitador de Deusas no Olimpo. Por detrás da persiana, sou maior que a mulher do gênio e a atriz mais requisitada, sou sobre-humana, o que há de mais extravagante se houvesse quem a ele se igualasse. Talvez a encarnação de uma musa revoltada por ter sido usada desde os tempos de Hesíodo e Homero. Bem-vindos, no vai e vem dos meus sussurros, não vos decepcionarei. Desafio aqui o conceito da benevolência da retórica, não aprendi a dar o braço à modéstia. Eu preferia estar bem longe em uma horda, gritando rashtag-fora pessoas como ele, mas Ulisses me acostumou a nunca me misturar à bestialidade. Termina aquela história que você começou, diz ele. Ele quer me ouvir, quem diria. Contar histórias para um célebre contador de histórias em estado pós derrame-semi-desmemoriado é o papel-voz que me cabe nesse murmúrio do vulcão. Fala mais, termina só essa, meu bem. Posso falar sem parar porque falar me reconcilia com a minha fúria, mas eu só quero dormir um pouco, aninhada no ódio pelo benzinho que me resta. Abro uma fresta. Desisto. O dia não entra. É um vácuo. O quarto sairá pela janela se eu for em frente. No reflexo do vidro posso me ver. Várzea. É a palavra que me vem. Sempre fui varzeana dentro daquela aristocracia. Aquela natureza morta na parede do quarto da fazenda sempre me incomodou. Prefiro meu bom e velho e extinto pôster do *Jules et Jim*. Quase nua, e com o pingo que me resta de pudor, olho a minha bunda no espelho. Eu ainda tinha uma bunda linda. Que mania de ficar olhando esse rabo. Vem aqui. Me abraça. Ele nunca faria isso, pedir um abraço, mas agora que estava doente reagia à minha nudez como um adolescente a morrer de fome naturalmente faria e de quem eu podia me esquivar com todo o deleite da desforra. Você quer que eu continue mesmo? Eu quero. Mas não encoste em mim. Segue. No limite. Eu recomeço. Nem sempre gostei de ouvir minha voz. Minha voz tem uma falha na partida. Chega largada. Lânguida. Chega às vezes com uma assustadora fragilidade. Aquele tipo de autoridade fraca da qual os bichos zombam e que não obedecem. Mas outras vezes, em compensação, sai com um excitamento tão involuntário que é até divertido. Algo que acontece ao fazer coisas prosaicas como falar com o porteiro eletrônico de algum edifício. Eu vou no cento e vinte e cinco. Soa como "estou sem calcinha e estou subindo". É estranho. E é a minha voz, esse canto extravagante e desarticulado, que parece vir de dentro de mim e ser de outra pessoa.

centro cultural são paulo, 1994

teatro, sala jardel filho

Primeiro encontro com Tonio. Julho. O Brasil vencia a semifinal da Copa do Mundo. Quinta-feira, ninguém pensaria em teatro naquele dia, a não ser alguns tarados como nós. Eu tinha um pouco mais que 24 anos, e me amava tanto que plagiava a mim mesma. Camarim de um teatro próximo à Avenida Paulista, por onde sempre passei rápido, um palimpsesto fugindo de uma pedra-pome. Mas naquela noite eu cambaleava bêbada e afônica graças a intermináveis gritos de gol na cobertura do dono do maior jornal da cidade. Estava saindo com ele e sua namorada, o que me dava a sensação de que definitivamente eu fazia parte, senão da classe artística, pelo menos da coluna social, muito digna, dali a dois dias, certamente. Olhei no espelho meus peitos pintados de verde e amarelo com uma canetinha impossível de se limpar e tive certeza de que era a musa da vez, certamente a deusa para ninguém naquela noite; mas eu era um protótipo de diva do teatro underground, logo estar em cartaz era tudo o que me importava. Provavelmente cancelaríamos a sessão, contudo a rotina me fazia arrancar dos peitos a bandeira do Brasil com bolinhas de algodão. Enquanto me arrumava para não entrar em cena, já vestida da minha personagem Senhorita Julia, de Strindberg, comecei a falar sozinha.

JÚLIA – *Com certeza eu o rocei com minha manga. Sente-se para eu ver. Agora fique quieto, bem quietinho. Faça o que estou dizendo. Ora, parece que você está tremendo... Um homem tão grande e forte... Que músculos!*

Atrizes não falam sozinhas, conversam com seus fantasmas como quem passa roupa, por pura falta do que fazer, para estancar alguma vaidade, talvez para envelhecer, pois o termo envelhecer é tão atraente no palco quanto pular por uma janela. Me olhei no espelho rachado e não vi nenhuma imperfeição. Eu estava longe de saber o que é reconciliar-se consigo mesma num choro depois do gozo ou num fascinante balneário de pessoas que sabem que vão morrer afogadas num eu te amo sem resposta. Vi a barba de um velho no vão da porta. Alguém bate. Quem é? Silêncio. Strindberg? Silêncio. Entra, Strindberg. Dei o nome de Strindberg para o meu gato, apenas para poder repetir essa fala inúmeras vezes por dia. Ele nem estava lá, mas poderia. Entra, Strindberg. Era um mantra, um chamado, uma reverência de uma bruxa ou de um mago, sempre tive propensão a esses velhos alquimistas, cinquentões com tempo disponível, sem tarefas a cumprir, sem histrionismos nem vaidade, que eu seria capaz de matar na cama, asfixiados com beijos e travesseiros de macela. Estava sem blusa, meus peitos desperdiçando a beleza da existência na solidão do camarim, quando ele quase abriu toda a porta. Desculpa. Olá. No que posso ajudar o senhor? Não imaginei que teria alguém aqui hoje, ele disse, desconcertado. Nem eu, respondi, meio sem pensar. No teatro, meu senhor, antes de qualquer intimidade com o outro, muitas vezes já nos vimos nus, até já nos beijamos, logo fique à vontade, somos todos uma família de incestuosos, com muito respeito uns pelos outros. Entre. Se eu lhe permito, não se incomode. Não significa que vamos te deixar entrar para a família, mas pode entrar, insisti, notando a hesitação do moço. Pronto, estou vestida. Com licença, ele disse, afinal. Estou procurando minha capa. Sua capa? Ele era o ator que fazia Antônio Conselheiro, às terças e quartas. No meio teatral, não se falava de outra coisa, senão da interpretação impressionante daquele menino. Só então percebi que ele não era um senhor, e sim um rapaz um pouco mais velho que eu, um tanto tímido e desajeitado. Como os atores podem nos enganar. Eu já quis muito ser a Rosa de *Deus e o Diabo na Terra do Sol*, mas sou europeia demais para ser nordestina, é uma pena. Sou apenas essa mulher fragmentada de Strindberg acossada entre a frágil e a moderna. Que merda, não está aqui! Você perdeu alguma coisa? Posso te ajudar? Talvez. O meu figurino desapareceu. Uma capa clara. Sua voz grave combinava com sua pele e os pelos negros da sobrancelha. Tinha um palpite de onde estava, mas eu apenas disse, Posso procurar pra você. A minha malemolência contrastava com a inquietação dele. Não é possível. Preciso encontrar. Ele pediu licença para afastar a minha gaiola de Senhorita Julia com a intenção de abrir um armário. Cuidado. Armários de camarins são assustadores, você é capaz de encontrar uma roupa de Papai Noel cravejada de balas, restos de cristais japoneses e lágrimas, uma pistola que ninguém sabe se é de verdade, talvez camisinhas vencidas que pensam que são bexigas, ou pior, um pão com mortadela mordido e sujo de baton. Ele não riu. Olhei para as mãos dele. Eram membros de um homem vivido. Não eram um pedaço significativo de um menino de 27 anos. Você é ator faz tempo? Espere, deixe eu adivinhar. Você começou aos 9 anos, como palhaço num circo. Ele tropeçou nas botas do meu parceiro de cena que estavam no caminho e caiu. Merda. Você é palhaço e não sabe cair. Precisa aprender, cair com classe é fácil, é só fazer bastante barulho. Quando você achar que vai cair, caia mesmo, assuma. Assim. Eu disse a palavra assim e me joguei no chão. Nosso ofício é altamente gratificante, não acha? Ele não ria de nada, tal qual uma plateia sem vocação. Vamos, saia de cima da barra da minha saia. Desculpa. Não seja educado, nem peça desculpas. Você é sempre assim, tão sem senso de humor? Não quero mais falar com você. Não parece, respondeu ele, como se não se importasse. Senta. O Brasil vai vencer a Copa, sabia!? Ele não riu. Que palhaço sério. Meu parceiro de cena também é um desses espécimes sérios. Seu único defeito é que ele sempre chega em cima da hora. Não gosta de se concentrar. Ele é um ótimo bufão. Contudo os verdadeiros bufões são assim, indirigíveis. Não se dirige um monstro. No máximo se controla, é o que ele sempre diz. Assim como se faz com os grandes jogadores de futebol. Conheci um diretor que para dirigir um grande palhaço num drama prendeu ele amarrado numa cadeira, e até na boca dele o diretor colocou uma venda. O menino quase esboçou um riso. Gostei de ver aquele Antônio Conselheiro preso ali no meu cubículo, esboçando um preâmbulo de sorriso. Vou brincar com ele, pensei. Meu pássaro ensanguentado também sumiu. Ele deve estar junto do seu sobretudo. Capa, disse ele. Antônio Conselheiro me olhou, como Strindberg talvez tenha olhado pra Julia a primeira vez. Desculpa. Mas, eu não estou para brincadeira. Eu não estou brincando. Havia um fosso do lado da coxia. Meu passarinho ensanguentado sempre acabava o espetáculo lá. E alguma coisa me dizia que a sua obsessão estava lá. Se a sua capa sumiu, mande fazer outra, não vá me dizer que você é um desses atores que atribuem plenos poderes a seus pertences cênicos? Eu também sou assim. Sem dar um gole na minha garrafinha de conhaque, não faço nem a Branca de Neve. Meu trago, minha falha grotesca, considerando que o trágico perdeu faz tempo para o ridículo, não precisamos de muitas horas de voo para descobrir que um sapato novo pode nos derrubar em cena. Fé cênica para mim é arrancar com um beijo todos os dias o chiclete da boca do meu colega lá no palco, essa é nossa conexão com os deuses, se ele esquecer o chiclete, estamos um pouco fodidos e desonerados. Por isso vou te ajudar, para evitar maiores problemas com o divino. A sua amiguinha capa está toda rasgada, não está? Sim, como você sabe? Vem comigo. Os corredores de teatros têm paredes cinzas e são frios. Corredores que levam os atores dos camarins até o palco são quase sempre assim, como casas sem fotos, quase corredores da morte. Passamos por algumas portas fechadas e por uma escadaria. Conhece o porão? Não. Podemos começar procurando lá. O porão está cheio de refletores antigos, às vezes levam coisas por engano pra lá. Eu mesma já fui parar ali várias vezes, por engano. É praticamente o cemitério das luzes. Adoro aquele lugar. Refletores são muito cênicos, não acha? Ele não respondeu, apenas olhou para o colo do meu peito, como se fosse o Monte Santo. Respirei fundo e meu decote olhou para aquele menino como um ponto de exclamação olha para um fim de frase. Sempre me pergunto: Qual a probabilidade de uma gambiarra cair do teto? Já perguntei pra Deus. Ele trabalha aqui, sabia? Cuida do teatro. Deus é o apelido dele, o administrador do teatro. Deus diz que a chance de um refletor cair nas nossas cabeças é a mesma de um meteoro atingir a terra. Gosto disso, sempre há essa possibilidade. Antônio Conselheiro estava atônito. Tinha a expressão do meu Jean. O João da minha Senhorita Julia. Acho que ela já estava lá, pois não costumo ser tão mordaz naquela hora do dia. Não gosto de adjetivar uma personagem, mas Julia é a morte em forma de desejo em qualquer língua do mundo. Esses pôsteres velhos são daquela peça escocesa. Qual? Aquela de Shakespeare. *Macbeth*. Você falou. O quê? Não se pode falar, dentro do teatro, Macbe... Você também falou. Não falei. Eu parei no meio. Você é quem falou. Falei Macbeth, qual o problema? Falou de novo. Agora você vai ter que sair do teatro, cuspir três vezes, gritar um palavrão e só voltar se alguém te chamar. E se eu não for? Você estará amaldiçoado para sempre. Por quem? Por Shakespeare. Nunca mais achará sua capa nem sua fé cênica. De repente, o administrador do teatro, cujo apelido era uma heresia, que nunca nos pareceu fora do lugar, apareceu com a capa de Antônio Conselheiro na mão. Achei, Tonio, estava no fosso. Ah, meu Deus, está manchada de vermelho. Parece sangue. Cênico. Sangue do passarinho da Senhorita. Acho que sai com gelo. Quase todas as manchas saem com gelo. Coisas de Deus ou do Diabo. Você vai ficar para assistir a peça? Ele olhou pra mim com pena. Pode ser. Deus, quantos somos essa noite?, perguntei. Por enquanto, apenas nosso Antônio Conselheiro, Senhorita. Ele está sozinho. Acho que não, Antônios Conselheiros nunca estão sós. Eu posso ir embora, ele disse. Olhei nos olhos negros do Conselheiro. Você pode ficar.

Eu começava a peça dançando por alguns segundos a *Sagração da Primavera* de Stravinski. Tonio fez o favor de ficar até o fim, assistiu a tudo e foi embora sem falar comigo. E, naquela noite em que o Brasil foi para a final da Copa, fiz a peça para Antônio Conselheiro, apenas para aquele rebelde, aquele velho moleque barbudo, Tonio, que, quem diria, mesmo sem ter pedido perdão a Shakespeare, se tornaria um dos maiores atores deste país.

quarto da fazenda, 2016

segunda-feira, 10h15

Liga a televisão. Não, vamos deixar assim sem TV, é melhor pra você, Ulisses, é melhor pra qualquer um. Você não pode se alterar, o seu cérebro não precisa de sussurros inúteis. Eu sei o que é melhor pra mim, liga a televisão, preciso saber o que está acontecendo lá fora. Prefiro não, *I'd rather not*, falei educadamente no meu inglês polido pela Cultura Inglesa. Sua voz se muniu de todos mecanismos de poder que a filosofia disponibilizou em palavras e ele proferiu, Me dá esse controle aqui e cala a boca. Achei de bom tom, naquele quarto de fazenda empesteado de ancestrais fantasmas dele, não invocar seus demônios. Tome, que seus neurônios tenham outra ânsia de vômito. E joguei o controle, como uma criança embirrada jogaria um tamanco de madeira no nariz da mãe, a fim de quebrá-lo. Me incomodei menos com a grosseria do que com o apego infame dele às notícias, mais especificamente às resenhas do jornal televisivo gravado. Ulisses não tinha sequer discernimento para notar que aquilo era o jornal de ontem. Mais que ódio, eu tinha raiva mortal em ver a preguiça da pessoa em se permitir enganar por um cara chamado William. Eu diria, Ninguém que pensa assiste a esse jornal, Ulisses, mas depois de um princípio de AVC, eu não podia dizer que ele estava em sã consciência, quanto mais em condições de pensar. Liga, mas por favor não deixa no mudo, mania horrorosa que você tem. Eu tentei ignorar uma TV ligada no *mute*, como se fosse possível, mas a despeito da falta de expressão dos apresentadores, era possível deduzir que as imagens evocavam alguma tragédia. A sequência óbvia: o apresentador do telejornal noticiando um atentado em alguma parte do mundo, em seguida a imagem de disparos, e por fim fotos sorridentes dos mortos, quando ainda estavam vivos, na forma de *selfies* com filtro, ou seja, aquela edição em silêncio só podia me levar a crer que o Olimpo estava a oferecer, num banquete, as cabeças de pobres mortais como aperitivo antes do pior que ainda está por vir. Num piscar, o assunto já era outro. As imagens mudas mostravam pessoas protestando. Aumenta o som, Ulisses. Não aumento. A vítima não era um homem apenas, as vítimas eram muitas, éramos nós, todos nós vítimas por não sermos apenas vítimas. Homens de terno apareciam dando entrevistas, apenas homens, e de terno, e o povo gritava por um corpo, ou mais de um, gritava por um país, mas isso estava ainda mais mudo. Não é possível que essas imundos conseguiram dar esse golpe, eu disse. Escrotos! Aumenta o som, Ulisses. Cala a boca, Bella. O alvoroço era equivalente ao fim da própria Constituição, quem sabe de um país inteiro. Enquanto lá longe, no planalto central, tudo parecia não ser outra coisa senão um país em estado de sítio, eu estava na iminência de uma guerra particular, na masmorra com um monarca, tentando arrancar a coroa da mão de um rei enfermo. Não sabia se agarrava de volta o controle da minha dignidade ou a bandeja de remédios, já que o alarme "Dar Remédio" disparara. Sofro para administrar comprimidos, é comum confundir 3 ml com 0,3 ml entre doses letais de destempero. Encarcerada com um doente e seu belo repertório de ofensas, numa câmara de paredes descascadas de uma fazenda antiga, pela primeira vez entendi a dimensão da expressão *estado de sítio*, como uma sensação colossal de fragilidade, de isolamento tão extremo, capaz de fazer inimigos vestirem as mesmas camisas de força e fazerem a revolução ou votarem em unanimidade pela mesma causa conservadora, numa daquelas ondas que só um ataque terrorista é capaz de provocar. Quando voltei com os comprimidos, Ulisses estava deitado no sofá, com o controle na mão, me olhando fixamente. Desliguei a televisão, Bella, as notícias não estão te fazendo bem. A fazenda centenária desabou intacta sob minhas pernas cansadas, depois do furacão. A TFP sempre resiste a tudo, como baratas em Chernobyl. Ulisses continuava deitado com os olhos estatelados em mim. Você está bem? Odeio mulheres de *scarpin* com uma bandeja de remédios nas mãos. Você devia tomar os remédios. Quem é você? Sou eu, Ulisses. Às vezes ele me perguntava isso, quem é você? O meu velho gênio estava assim, desde o princípio de AVC, que assisti sem lágrimas nos olhos, há uma semana, à noite, quando estávamos na cama discutindo horrores, e de repente vi seu corpo começar a ter todos os sintomas. A boca ficou torta, ele começou a tremer inteiro, passou a não sentir os braços, sua alma quis escapar pelos tímpanos, Deus a acompanhe, eu cheguei a dizer, ele sempre ensaiava um infarto no meio das nossas brigas, mas daquela vez, de fato, era o dia da estreia. Corremos para o hospital, e já no caminho ele pareceu melhorar, mas covardemente parou de reagir. Fala comigo. Não faz isso comigo, Ulisses, você quer me matar de culpa? Fala comigo, seu fraco, você não pode ficar assim inerte, você está fazendo isso pra me foder, seu idiota, reage. Sim. Essa sim, sou eu, esse monstro incapaz de lidar com a fragilidade do outro, um demônio sedutor com fobia da realidade. Desde então, Ulisses passou a olhar para mim e me perguntar, Quem é você? Chamei o seu médico particular, que pediu todos os exames no Sírio Libanês. Quem é você? Sou a Rainha de Copas, seu merda, não faz isso comigo. Chegaram à conclusão que ele apenas havia sofrido um ataque isquêmico transitório. Quem é você? Cleópatra, fica comigo. E que ele ainda poderia ter por alguns momentos dificuldade de comunicação, alteração na memória, dores de cabeça, tonturas e fraqueza, mas que certamente melhoraria dali a uma hora. Quem é você? Maria I, a rainha louca, mas não me fode. Contudo, depois de uma hora, Ulisses não voltou ao seu estado normal. O médico me explicou que, em se tratando de cérebro, faríamos todos os exames, até rastrearmos as possíveis sequelas, e que, enquanto isso, eu precisava estar muito presente, sempre do seu lado, e procurar não trazê-lo à consciência disso tudo. Quem é você? Sou Lady Macbeth, a puta que te pariu, menos essa Marilyn Monroe que te trouxe para cá e há uma semana é a sua sombra. Não sei mais o que fazer, não sei até que ponto Ulisses não está ali, há dias falo sem parar, num movimento desesperado de um beato que resolve se confessar diante de um padre surdo. Quem é você? Sou o Snoopy, se isso te faz bem, meu anjo. Diferentemente do habitual, ele está absolutamente emotivo, me abraça, me maltrata e me pede, Me conta mais de nossas histórias, ele acha que eu estou contando sobre nós, em outros momentos pensa que sou apenas uma cuidadora, em outros quer me comer. Quem é você? Sou eu, o único placebo que posso te dar, homens não gostam de tomar remédios. Os homens são como as crianças, há uma sabedoria ancestral nisso. Não têm sabedoria nenhuma, eu apenas não preciso. Eu não estou doente, é só cansaço, abre a janela. Já abri. Deixa entrar um pouco de ar, está frio. Vento de fissura, caminho da sepultura. Foda-se, abre a janela. Luz. Eu preciso de luz. Me traz um caderno e uma caneta. E luz. Preciso escrever, preciso escrever meu testamento. Não, você não precisa, penso eu, nada é seu, nada é só seu, seu talento foi apenas ter nascido homem numa sociedade machista, seu talento foi apenas ter tido poder suficiente para se apropriar do talento dos outros, não posso me esquecer disso. Eu tenho tanta raiva dele, pelo tanto que ele já se apropriou de mim, pelo que fizemos juntos, tudo, sempre juntos, e ele nunca me deixou assinar nada. Me levanto, abro a janela. Você está parecendo uma prostituta de luxo, nua e maquiada a essa hora da manhã, você é tão gostosa, você me desconcentra às vezes. Tão quieta. Ele não me olhava nos olhos, há muito tempo não nos olhávamos nos olhos. Brigávamos como se estivéssemos vendo televisão. Eu pensava na trajetória toda desse homem, pensava no império todo construído, está na hora de dizer para ele o que estava acontecendo, não tive coragem, seria óbvio demais, não combinava com Ulisses. Segue, me conta mais, por que você está triste? Está com saudades? Saudades de quem, menina? Você sabe de quem. Saudade. Talvez apenas porque seja a única humanidade que resta para a humanidade. A pessoa pode não amar nada, nem ninguém, mas ela tem saudade do tempo que amou. Saudade. Saudade. Saudades do meu pau? Adivinhei, não é? E passou a mão na minha bunda. Era insuportável a maneira como ele estava lidando com a própria senilidade. Ele estava ficando um escroto. Ulisses, para. O chá, pelo menos tome esse chá. Aqui está. Para ele tomar os remédios, precisava enganá-lo como se engana uma criança. Liga a televisão, preciso saber o que está acontecendo lá. Mas deixa no mudo. Ele realmente não estava bem. A mesma agonia de antes invadiu a sala. Não liga essa televisão, não quero saber quem morreu. Coloca na novela. Quase me deu um alívio em ver que, para ele, era hora da novela. Essa atriz é muito carismática, acertei em cheio nessa menina, não acha? Tomei um susto. Em dias, era a primeira vez que ele realmente tinha lembrado de algo que de fato aconteceu. Ele e seu status de diretor de cinema tinham me colocado na televisão, toda coberta de glória, mais requisitada que as obras de Shakespeare, pronta para mostrar os peitos sem prólogos, forte como um bambu envergado, com as rugas sob controle, mas sobretudo imponente, como quem segura uma vela e observa as deformidades dos outros. Mas não era a hora de eu pagar todos os tributos atrasados para o meu mecenas. O que você disse? Ele me olhou profundamente e disparou. Já te disse que na televisão você parece infinitamente mais bonita? Sim, você já me disse. Era eu na tela, um arremedo de protagonista da novela das nove, que já estava no pacote grátis da NOW, na maior emissora do país, eu e William, colegas. Era eu, uma das atrizes mais reverenciadas da casa, a profissional respeitada, piedosa e dócil com os colegas, a que soube envelhecer com talento incontestável e unânime, a que nunca precisou fazer publicidade, a que não há quem não goste de mim. Era eu, há muito mais tempo que os quinze minutos de Warhol. Era eu, a subjugada pelo vovô Gepeto fodão que primeiro me convenceu sobre a vaidade de ser amiga de Deus, depois me fez ateia e por fim me vendeu um pedaço de pau como se fosse madeira da cruz de Cristo a prestações infinitas. Quem é você? Sua assassina. O que você disse? Me abraça, só isso. E começou a balbuciar, Quero falar com minha filha. Não precisa se preocupar com isso. Eu tenho uma filha, não tenho? Ela se chama Bella, não é? Onde Bella está?! Não, nós não tínhamos filhos. Mas eu não o corrigi, apenas destilei a minha bondade já com metade da bunda fora do quarto. Bella, estou indo atrás de Bella, você pode ter certeza. Afinal, nunca consegui me sentar em hospitais, o meu sofrimento sempre tem de chamar mais atenção que o sofrimento dos outros.

teatro de arena, 1995

Segundo encontro com Tonio. Primavera, ou a hibernada das almas penadas de setembro. Vai começar a frequentar o Daime, Bella? Não sei se porque é primavera, mas preciso de rituais. E não é Daime, é um grupo de estudos xamânicos. Havia um grupo de artistas em São Paulo que começara há algum tempo a tomar o chá de ayahuasca no Teatro de Arena. Essas coisas não são para mim, zombou meu diretor de cinema do topo do seu pseudo altar. O fato de já ter ganho um Urso em Berlim tornava-o um homem cujas coisas já não eram mais para ele, e ter vinte e um anos a mais que eu, praticamente uma maioridade, tornava-o inatingível. Eu me deleitava com isso, a frivolidade goza disso, a Lolita atriz promissora e seu renomado namorado diretor de cinema. A gente já estava transando há um ano, quase fazendo amor, não que eu quisesse. Há um ano todos os meus telefonemas eram atendidos, eu recebia todos os convites para festas, trabalhos e todos à minha volta idolatravam a ideia de eu estar namorando um semideus. Estava absolutamente deslumbrada, repito. Tinha 25 anos, mas mediocridade não tem idade. Naquele dia de primavera eu estava só. Tem coisas que você tem que fazer sozinha, Bella, eu já fiz muito esse tipo de coisa, disse Ulisses. Depois eu te conto tudo, meu amor. Você não precisa me contar nada, você vai entrar em contato com os seus mistérios, vá, entre em contato com eles, volte, e se cale. Essa é a lição número um do xamanismo. Não se pode falar sobre essas coisas? Não. Mistérios não se revelam à toa. Eu nunca tinha tomado o chá, não sabia que era frio, tinha gosto de terra e suco de uva. Cheguei no Teatro de Arena muda, quando nasci aquele lugar já estava contando Zumbi e Bolívar. E me sentei entre os "novos", do lado de quem olha para a porta, com as pernas sem cruzar e uma roupa vermelha, sem saber que num ritual de ayahuasca tudo tem um significado, não apenas as vestes e as palavras, mas qualquer grampo vermelho já vem assim embalado num papelzinho de pecado, e pode vir a ser um portal para o Inferno. Eu tinha aceitado o convite para tomar a ayahuasca como quem aceita o convite para ir ao Guarujá, afinal, no dia seguinte, eu iria como acompanhante de Ulisses para o festival de cinema em Veneza, essa para mim era a grande viagem que estava prestes a fazer rumo ao *red carpet*, com minha *clutch*, meus vestidos e o capeta, acompanhantes credenciados de um diretor concorrente ao Leão de Ouro que se preze. Não tinha a menor ideia que o que estava prestes a me acontecer ali, naquela oca de sapé em forma de arena, dali a cinco minutos, iria ofender profundamente minha leviandade. Há duas coisas que o sucesso não perdoa, não fazer sucesso e fazer sucesso demais. Olá. Posso me sentar aqui? Sim. Claro. Acho que sim. Você é novo aqui? Sim. Eu também. Você não é a Julia? Olhei no fundo dos olhos daquele rapaz e vi alguém muito familiar. Bella. Meu nome é Bella. Eu sei, mas você é a Julia, hoje sim você está Julia. Te vi na peça, o único que te viu no dia em que o Brasil ganhou da Suécia, em alguma coisa. Antônio Conselheiro. Senhorita Julia. Desculpe, não o reconheci sem a barba. Impossível esquecer da Senhorita. Obrigada. Me marcou o jeito como você destruiu Senhorita Julia, arrematou o Conselheiro. Eu teria trepado na cabeça dele até arrancar todos os pelos do seu corpo com uma pinça, mas uma mulher negra poderosa, vestida de branco, começou uma preleção xamânica, com uma voz de índia. *Hoje, tudo que vocês desejarem na força terá ainda mais força.* Sua força e sua segurança eram totalmente equivocadas. *Daqui a pouco vocês estarão sozinhos. Ainda que certamente se sentirão profundamente conectados.* Eu vi que você estava perdida e bêbada. *Se conectem com as suas verdades. Seus propósitos.* Não acreditei em você nem por um segundo, mesmo a sua voz sendo linda. Depois dessa, levantei da cadeira, pois não estava cabendo dentro daquele espacinho em que ele me acossara. *Procurem ficar em seus lugares.* Eu te vi no jornal com aquele diretor, você é mulher de um diretor de cinema, não? Namorada. Admiro muito a trajetória do seu marido. Namorado. *Algumas pessoas vão tentar levantar e vão cair.* É irritante esse fascínio que um diretor de cinema exerce sobre as pessoas. Mas é natural, ele é um gênio, todos querem ser amigos do rei. E de quem dorme com o rei. Você ama o cara? Quem é você para falar assim comigo? Antônio Conselheiro. O duro de ser famosa é que até Antônio Conselheiro acha que pode te dar conselhos. Sim, eu sempre soube que namorar um cineasta, na nossa sociedade, tem o mesmo status de namorar um filósofo na Grécia Antiga. Platão, esquente minhas meias com secador. Sócrates, chupe meu dedão. Aristóteles, goze fora, hein? *Algumas vão vomitar.* Mas era nosso segundo encontro, eu não precisava contar para ele que Ulisses esquentava as minhas meias com secador. Não é o gênio que vos escolherá, mas vós é que escolhereis o gênio. Platão? Ele abusava do que chamam de falácia de autoridade. Citar com intimidade uma frase de Platão me fazia mais que conhecedora de toda a República. Me fazia a escolhida de Platão. Como vocês se conheceram? Ninguém responde essa pergunta com toda a verdade, nunca. O que ele queria agora com aquele interrogatório, depois de me colocar abaixo, dizendo que eu destruíra Julia? Ele queria a verdade? A verdade é praticamente uma mulher nua e com pelos. Selvagem demais. *Alguns vão até querer se deitar.* Mas não é necessariamente a coisa mais adequada para se ter em casa. Uma cigana escreveu num papel o nome dele quando eu tinha doze anos. Ulisses. Eu não conhecia nenhum Ulisses, mas ela disse que, um dia, um homem muito influente com este nome seria meu marido. Quando ouvi falar de Ulisses, fui atrás dele, e quando o conheci, eu disse, Você é meu. *Se entreguem.* Ele estava cercado da *entourage* de sempre. Eu sabia tudo sobre ele, suas obras de cor, seus poemas preferidos, havia devorado tudo. Olhei para o Conselheiro sem barba, que me olhava vidrado. Não sei o que tinha me dado de começar a falar daquele jeito. Já seria efeito do transe? Ah, disse o Conselheiro afinal, então ele se impressionou, e de tão nova, talentosa e gostosa, ele a levou para o seu palácio, não pediu para que você ficasse, mas você nunca mais saiu de lá. Não tive escolha. Coitadinha. *Não tentem ajudar uns aos outros.* Sem barba, ele parecia ainda mais novo. Eu via nas rugas relaxadas daquele menino a naturalidade com que ele ouvia as minhas palavras. Ele talvez quisesse me surpreender, talvez desejasse ser o artista respeitado que Ulisses já era, talvez meramente me quisesse, ou talvez somente temesse tanto a morte, e por isso, e tão somente por isso, quisesse tanto ser eterno. *Cuidem de si mesmos. Temos guardiões preparados para assistir vocês.* Respirei fundo, olhei para aquele palco e comecei a ter medo, na verdade, pavor das memórias reminiscentes no íntimo daqueles sóis artificiais pendurados no teto. Tomar ayahuasca num teatro tem algo de abissal tal como inventar o futuro. Eu, que sou transgressora por natureza, daquelas que lambe o prato debaixo da mesa, imediatamente me conectei com ele, apesar das ofensas e das perguntas sem-noção. Não era a hora, nem o lugar, mas ele tinha nos olhos Antônio Conselheiro, São Francisco de Assis, John Lennon, Zaratustra, Marighella, e eu nem tinha tomado o chá ainda, todavia já conseguia ver nos olhos dele até Jesus e seus desertos. Eu me vi neles, vislumbrei todos esses homens que nunca dariam de prêmio a uma mulher tornar-se homem, e escolhi vestir a pele de uma Maria Madalena descabelada que prefere se deparar de frente com um exército a ser pega por trás por um fraco. *Fixem vossos propósitos em algo profundo.* E, à moda de uma dançarina balinesa que é capaz de vestir a pele de um animal morto para desfazê-lo da morte, vesti o manto sagrado que era aquela Arena, palco de tantas lutas, no centro da cidade, vizinho do submundo da Roosevelt, no perímetro da República e da Luz e me conectei para sempre com o homem dentro daquele homem. O chá chegou para nós e brindamos. Nosso primeiro brinde foi com um chá de ayahuasca no quarto dos fundos do mundo, ao lado das baratas e das paixões mais voadoras. Eu sabia que estava fazendo algo irreversível, no entanto o buraco no meu peito já estava cavado, ele só se tornou aparente, posto que mistérios não se revelam à toa. Peço de verdade licença aos Deuses para contar aqui a minha experiência depois daquele brinde. *Vinde, vinde.* Solenemente, uma mulher começou a afinar um instrumento antigo e a modular mantras à nossa frente, ao som de um harmônio, uma espécie de órgão indiano da mesma falange das cítaras e dos recônditos das sinfonias. Os primeiros acordes daquela vasta caixa se encontraram com apitos indígenas e, ao longe, piados de pássaros, que muito provavelmente haviam sido enterrados vivos, sob o monstrengo arquitetônico da Praça Roosevelt, dada a agonia com que vinham seus chamados. Acho que começou, ele me disse, os sons são capazes de abrir os portais, em todos os rituais é assim. Boa viagem, Bella. Começamos a entoar baixinho as palavras do hinário que nos tinham entregue, eu deveria estar vibrando harmonia e não prestando atenção na braguilha dele, mas o volume repousado em sua calça bege de veludo era uma espécie de areia para onde minhas mãos poderiam se apoiar caso estivesse sem pés e me afundando, vontade que minha imaginação suja e movediça já tinha em mente. *Silêncio.* Procurei não pensar em nada, só ouvir a música de olhos fechados. *Mantenham os olhos abertos.* Tentei, mas minhas pestanas estavam seladas, eu lacrimejava cristais japoneses e cola de cílios postiços. À porta, vi uma mulher e três palhaços, usando black-tie e uma bandeira com os dizeres: "No futuro não haverá concreto, pobreza, guerras e todas as mazelas estarão dizimadas, pois não haverá futuro nenhum". Nos palhaços, tatuada, havia uma frase: "Saída pela esquerda". Essa noite é nossa. *Vamos.* Rapidamente, o muro para rua deixou de existir, eu podia ver lá fora, a cor da poluição no ar de repente ganhou tons de vinho e o mijo no chão da calçada a forma de mandalas. Eu deixei de ouvir as buzinas dos carros, para ouvir tambores da noite, e a prostituta do outro lado da rua acendia um cigarro com fogo frio, ela era a única que sustentava seu corpo no espaço, frente a todos que cambaleavam. Fui a primeira a quase cair da cadeira. Não estava caindo, estava a pousar em mim. Minha coluna foi tomada por um fremir de asas que pareciam acordar de um sono profundo, em minhas orelhas começaram a crescer pontas e a presença de um elemental me fez ter certeza de que realmente eu estava entrando dentro de um holograma, ou sendo entrada. Ri, lembrei do que minha vó dizia. Fadas existem para quem acredita em fadas. Mas eu nunca acreditei em fadas. Minha nega, elas existem até para quem não acredita, ela dizia. Ficam alojadas nas suas orelhas esperando a primeira brecha para entrar pelo seu ouvido, basta ouvir a música certa. Minhas mãos começaram a se movimentar como mudras desenhando no ar algo entre um nó perfeito e a precisão de um kathacali. O corpo não dançava, acordava. Desça daí. Vamos com eles, a única saída é pela esquerda, Tonio afirmava, me tirando daquela beleza que irrompia. Me deixe ser apenas bela. Quem sabe sejamos só isso mesmo, a beleza dionisíaca de um instante. Não fosse, aos olhos do mundo, Dionísio um bêbado inadimplente. Vamos sair daqui. De onde estávamos era possível sair sem sermos vistos. Eu sentia que ninguém estava notando ninguém, era uma espécie de elenco somente de protagonistas que estava ensaiando há séculos, prontos para aquele momento, alguns já não eram mais os mesmos. Todavia Tonio ainda era ele, não parecia um "novo" como eu, totalmente deslumbrada. Ele estava nada meditativo, parecia olhar para a sua própria nuca, aparentava saber estar diante de um tsunami. Vamos sair daqui antes de sermos engolidos. Levantei dançando, seria a própria Terpsícore, caso a Grécia não tivesse hipotecado todos os seus Deuses. Vou te levar para ver o lugar onde Elis Regina cantou a primeira vez aqui em São Paulo, vem comigo. E com uma voz consonantal de um bom ator, disse, Vou te mostrar uma praça onde as pessoas hão de cavalgar nuas sobre cavalos, aviões de plástico ainda derrubarão o espaço de traficantes para dar lugar a teatros e uma praça de pedra, ganhará um H de Havana, e um dia ainda será Praça Phedra de Córdoba. Eu ria, porque a calçada era podre e um rato do tamanho de um fox paulistinha ria para mim, e quem sou eu para não retribuir um sorriso. O entorno era a própria merda fora da privada, entretanto, eu era praticamente amor puro, e andava ao lado do arauto de toda uma utopia. *So charming*. Dançava para abrir os caminhos do que estava por vir. Tonio parecia admirar a minha dança em silêncio, sabia que ela não era minha, mas um pretexto para a chegada de presenças de força, que se cumprimentavam pedindo licença, energias as quais não se pode fitar, com o risco de se perder a visão. Tonio atravessava a Consolação, ao lado do feminino num estado muito primordial, que se mesclava com suas visões. Podíamos estar nos anais dos milagres, ou num anúncio dos anjos da Vitoria Secret, dada a luz diáfana que aqui não consigo descrever. Posso ouvir tiros disparados contra alguém, bem aqui. Deixe comigo. Eu os transformarei em balas fugidas de um filme, de um western do antigo Cine Bijou. Posso também fazer os projéteis terem a validade vencida ou até tirar a blusa e me oferecer para estancar os disparos, como a mulher de Páris faria, e poupar um coro de inocentes no futuro. Era romântico ter o poder de fazer um milagre. Eu via que Tonio reconhecia isso nos meus apartes, saciando-o de uma saudade milenar de todas as mulheres que ele amara e ainda amaria, ainda que os meus peitos fossem mais interessantes que meu romantismo. Eu não estava louca, eu só não devia estar prestando atenção em Tonio, ou teria me atirado sem calcinha com ele naquele chão à vista de um mendigo e sua fogueira, posto que estava com o foco naquele lugar totalmente perigoso. Era uma cigana se levantando dentro de mim, a me levar em direção a uma fogueira, a fazer uma espécie de ritual próprio, um pacto com o fogo. O que eu estou fazendo? Não sei, mas eu fazia como se soubesse, há séculos, como encantar aquelas labaredas, eu me aproximava do fogo e ele aumentava, eu dancei com o calor como se fosse um álcool de saias, eu poderia ter entrado na fogueira, talvez, se não fosse Tonio. Ele levantou e me pegou pelo braço. Senta. Aquieta tua coragem, menina. Está na hora de voltar. Voltar para onde? O fogo está nas ruas, nas ágoras. Mas não estou gostando do que estou vendo. Muros, que um dia serão levantados em volta dessa praça. Não quero estar aqui para ver isso. Isso não vai acontecer porque nós não vamos deixar. Vamos cantar, a começar por agora. Cante. Cante. Apenas cante a música. Me deixa, você não devia estar prestando atenção em mim. Eu sei, mas vem comigo. Percebi que não estava bem e comecei a chorar, eram lágrimas verdes. Eu quero ir embora, eu quero minha mãe. *Não chore pelo público.* Você precisa voltar. Posso ir embora? Não é possível. Eu havia tomado o chá há vinte e um anos, para frente. Mas lá estava Tonio ao meu lado, há muitos séculos, cantando baixinho, absolutamente suave como um instrumento afinado por mãos prestidigitadoras. Eu tinha vontade de tocá-lo, dar-lhe a mão, dar-lhe a boca. Eu quero sentar no seu colo, ele carinhosamente me afastava, e me sugeria que respirasse, eu podia sentir o espaço imantado da nossa distância. Se pudesse prever que seria essa a sensação da nossa distância nos vinte e um anos que se seguiriam, teria sido ainda mais desobediente, eu não devia, mas ainda estava prestando atenção nele. E, prestaria, ainda mais, nos momentos mais cruciais daquele ritual de onde não deveríamos ter saído. Uma atriz devia saber, que não se deve entrar em rituais sem um propósito claro. Isso é como entrar no palco sem o texto decorado e as piores intenções por dentro. *A tragédia conduz à catarse.* As buzinas dos carros começaram a soar novamente como tambores, num movimento violento a chamar à razão os desavisados, meus cabelos pareciam tragados pela terra, senti todo o peso de um homem ressentido nas minhas costas. Não conseguia acessar mais aquela beleza toda. Eu nem mulher era mais. Tonio continuava impávido na mesma posição. *O xamã é aquele que vai, experiencia o mistério e volta.* Já eu, eu me contorcia toda. Devo ter ficado cerca de uma hora naquilo tudo. No chão. *O grotesco não admite redenção.* Cante a música. Cante a música. Cante a música. Tonio de novo me pegou e então me colocou na cadeira do teatro. Cante a música. *Cantem.* Só isso. Ele não devia estar me ajudando, mas pegava na minha mão e dizia, Apenas cante a música. Uma luz se abriu em cima de nós e eu voei. Quando acordei, o ritual já havia terminado, estava desmaiada, me disseram, há duas horas. A mulher negra voltou e carinhosamente me revelou que eu tinha vivido uma experiência de morte, uma bênção. Eu só queria ver Tonio. Mas ele não estava mais lá.

quarto da fazenda, 2016

segunda-feira, 10h40

Preciso comer alguma coisa, pega para mim. A voz de Ulisses estava bem debilitada. Mas continuava forte. Voz de um velho que ainda não caiu no chuveiro. Eu sempre chamei ele de meu velho desde quando começamos a namorar, eu com 24 anos e ele com 45. Nossos amigos mais próximos de vez em quando me repreendiam. Não chama ele de velho. Ele gosta, eu dizia. Suspeito que se eu soubesse o que era a velhice de fato não teria dito seu nome em vão tantas vezes. Velhice de quem se pensa um grande artista, mas que insiste em implantar cabelos, de quem acredita que é possível reciclar o tempo, mas joga no lixo rugas e metáforas, que só o passar de um tempo com muitos fracassos é capaz de imprimir, de quem arrebanha seguidores como um colecionador de figurinhas zumbis. Eu convivo com a velhice mais perigosa, a de quem quer ser artista só para ser imortal. Fala mais, Bella. Meu pensamento estava longe, na Terra Prometida. Fingia não ouvir. Mas a calma impressa na imobilidade dele me derrubou. Está na hora de você comer alguma coisa também. Não estou com fome. Só preciso que você me fale tudo. Estamos na fazenda de sua família, onde eu sempre fui uma agregada, a sem foto na parede, a temperamental bonequinha de luxo do papai. Eu fazia questão de chamar Ulisses de pai, quando nossa afilhada era pequena, pois sabia que aquilo era inaceitável para aquela família. Adorava o abismo que era dizer para a menina, que poderia ser minha filha, Caia de amores por tudo nessa vida, menos pelo poder, ao mesmo tempo em que ela assistia a um desenho da Disney. Amava ver a princesinha sentar sem modos, àquela mesa da fazenda de vinte lugares no café da manhã, onde o cachorro era o único cúmplice do que vinha de mim ou do que insistia em escorrer do meu garfo trêmulo e do prato da tia bêbada, os três personagens deslocados daquele quadro de Goya. Num jogo de sete erros, eu, o cão, a tia embriagada às oito da manhã, a vodka na xícara de café, os dentes amarelados dela à la furos de cigarro, o *peignoir* puído de algodão egípcio, meus pêlos saindo para fora da calcinha e a saudade de alguém que nunca entraria naquele aposento. Toma água, Tia Antonieta. Dizia a minha sogra à sua tia, minha ídala. Não gosto de água sem gelo, dizia a tia. Não gosto de água. Não gosto de nada. Como pode uma pessoa não gostar de água?, vaticinou minha sogra sempre ansiosa por problemas pouco hediondos. Não gosto. Posso? Como pode uma pessoa acordar e não comer? Como pode fumar antes de comer qualquer coisa? Dá um pão para Tia Antonieta. Não quero. Se me derem um pão vou dar para o Moby Dick. O cachorro gordo sempre tentava subir na mesa. Tirem o cachorro daqui. Ulisses não gosta de cachorro em volta da mesa. Eu não ligo para o cachorro. Cadê a dona do cachorro? Maria Vitória está dormindo. Soube da última da Maria Vitória? Ficou pelada na frente do namorado e ele não quis transar com ela. Nossa! O problema não é esse. O problema é o pai dela nos contar essa história na ceia do Natal. Como pode um homem não querer comer a minha filha? Só pode ser gay. Um absurdo! Como todos os meus cafés da manhã na fazenda nesses últimos vinte e um anos, nessa família onde ninguém limpa o cocô do cachorro e não entra gay. Gay pobre. Gay rico não tão é tão gay assim. Clã de uma elegância atroz, onde todos aparentemente são bem-vindos, ficam à vontade, têm a nossa simpatia, desde que aceitem ser castrados, por todos os seus orifícios. Muito natural gostar de nossa família, somos muito simples, porque afinal, com elegância e dinheiro, ser o que se pensa ser é fácil. Ulisses, esqueci de dizer que sua mãe te ligou. Minha mãe está viva? A senilidade chega na mesma velocidade que um escorregão no banheiro, no mesmo pulso que um raio, não há aviso, nem presságio, ela apenas se instala no espectro de quem adoeceu, a ponto do indivíduo não ter sequer tempo para perceber a presença dela. E quem poderia fazer algo está sempre de fora, e pode a qualquer momento acelerar esse fim, posto que a iminência do fim é cruel, e está muito mais nos olhos de quem o vê. Mas estamos apenas em 2016, que daqui a pouco tempo será o tempo de outrora em que as pessoas ainda ficavam doentes, sabemos que daqui a pouco não será assim. Fala mais. Não estou te ouvindo. Fala mais alto. Cada vez mais, o fim será postergado, e cada vez será menos cruel que a espera pelo fim. Quanto a você, Ulisses, provavelmente passará a receber todas as homenagens, todos os prêmios e reconhecimentos, sem saber o porquê. Nem dirá o que dizem os grandes mestres que chegam aos seus noventa anos. Vocês estão querendo me matar. Você já está morto. Apenas continuará dormindo e acordando. Comendo cada vez menos. Até que um dia demorará para sempre em não acordar. Sou uma atriz, numa época em que só o filtro e a vaidade compensam, em todos os seus pormenores, e devemos isso somente a nós mesmos. Eu quero me levantar. Você não pode, você precisa me obedecer. Então grite comigo. Eu não quero. Por que você é tão doce? É o que você pensa, Ulisses. Eu entendo as pessoas que temem mais a família que a solidão, quero dizer, eu entendo as pessoas que temem essa obrigação da família, do arsenal de remédios que alguém passa a te enfiar por todos os orifícios, da dependência real do outro, do definhar. Temem mais a família que a possibilidade de morrer sós. São pessoas muito corajosas. Topam muito mais viver com esse fantasma do que viver com alguém que faria tudo para não ver essa solidão chegar. Se imaginam cantando em silêncio suas últimas palavras. E o medo é outro. É de ter alguém de mentira para olhar nessa hora derradeira. Solidão chuva fina, *and a little rain never hurt no one.* Não, a solidão não é o pior castigo. Pior é não ter o colo de alguém de verdade. Sempre vivi obcecada por esses homens. Homens que nunca perderam tempo fumando do meu lado. Medo de serem tragados. Mas, ali, escravizada naquela fazenda de café de 1890, conversando com um Ulisses meio abobalhado pelo AVC, enquanto lá fora o país era assaltado e o mundo não ia muito melhor, só me ocorria que o cheiro de quarto fechado me incomodava menos que as minhas fotos que um dia vão estar naquelas paredes.

restaurante planeta's
teatro municipal
casa de Tonio, 1996

1996, o ano em que finalmente começamos a imaginar que o cinema brasileiro tomaria um choque de 220V, o ano dos celulares ocuparem o espaço das conversas para todo o sempre, amém, e de Zé Celso montar as primeiras *Bacantes*, não que isso realmente importasse para quem estava de olho no dólar mais baixo de toda a história e na oportunidade de se construir uma Disney na Amazônia. Não via Tonio desde o dia em que morri naquela ayahuasca e ele não ficou para o meu enterro, mas as mordidas mais doces devem se fazer esperar. Sabia que ele andava por Veneza fazendo um Otelo maldito, sobre um cenário não confiável em algum teatrinho da cidade. Essa peça é a sua cara, Tonio, a face do pesadelo, no qual sou precipitada a cada minuto. Não conseguir esquecer uma pessoa é o atestado de que somos fiadores dos nossos instintos, espectadores incrédulos dos nossos órgãos, pobres animadores de festinhas infantis, indignos de um bom prato de brigadeiros e beijinhos. Então vê se aparece logo, Tonio, para eu amordaçar meu lança-perfume em você no alto de uma montanha-russa sem cinto. Ei, Otelo, no que você pensa quando mata? Será que já pensou em usar sua espada comigo? Até agora não consegui compreender o que me impressiona em suas metamorfoses, apenas que há mais idade em seus olhos que nas estrelas, e que podemos tudo, porque eu quero que assim seja, inclusive te tirar desse cartaz, então vou ficar aqui olhando fixamente para esse pedaço de papel, até esquecer que todas as minhas tentativas de ver cometas sempre foram frustradas pelos céus. Era Tonio num cartaz colado no restaurante, onde eu jantava sozinha e a internet ainda era um bebê com a fralda suja. Pelo menos ele existe num cartaz mal grudado no Planeta's, graças a algum produtor teatral fiel a banners e utopias. Toda vez que eu vou no centro da cidade, passo o olho no Bar das Amistosas, o berçário das putas, o bar vizinho dos inferninhos. Tonio bem que poderia estar sentado aqui, afogado na inocência de alguma putinha jovem, porque na coluna social é que eu não vou encontrá-lo nunca. Ulisses estava em Cannes, fazendo lobby do seu novo filme, uma merda de roteiro em que ele não sabia onde encaixar sua desilusão com a esquerda. Eu estava terminando de gravar uma novela, morando na ponte aérea Rio-São Paulo, meu rosto maquiado na capa de três entre quatro revistas de moda, fofoca, egos de cus e comportamento, vendidas em novos reais, quase não podia mais sair na rua sem ser estuprada, contudo gostava de vestir um sobretudo e meus óculos escuros à noite e sair andando a esmo, uma *batgirl* refugiada na madrugada. Não estava a par disso, muito menos do fato de que eu não tinha lido um livro sequer no último ano, dormia o sono leve dos super-heróis consagrados, vinte e alguns aninhos, com a personagem Nina da *Gaivota* do Tchekov sob meu travesseiro, gozando tanto ao pensar nos subtextos da melhor Nina que o teatro brasileiro veria que não sobrava vontade nenhuma de transar com o Ulisses há uns bons seis meses. Treinava minhas falas com o garçom. Meu subtexto era, Estou com saudades do meu pai. Então pensei: Quero matar o meu pai, Quero matar o meu pai, Quero matar o meu pai, e disse,

Me traz um penne? Ou melhor dois pennes! A senhora está esperando alguém? Sempre. O garçom anotava meu pedido de dois pênis, sem notar o meu olhar perdido tchekoviano ou tchekoviniano, ou até bolchevique, foda-se, era mais interessante chorar em russo do que saber certas coisas. Meu *personal director* estava longe envolvido com a finalização de seu próximo filme, cujo roteiro eu tinha tentado salvar para ele. Meu velho Bergman adorava minhas ideias e atribuía o crédito apenas a ele próprio, logicamente. Ele dizia, Bella, as suas ideias estão amadurecendo. Você está aprendendo direitinho comigo. À sombra de Rodin, Camille amargava, mas eu não tinha do que reclamar, eram tantas festas, holofotes, promessas, hidromassagens, ladrilhos hidráulicos e pequenos pôneis dopados e ocupados com nossa imagem de felicidade que não dava tempo nem de sermos infelizes. 1996, o ano em que recebemos o telefonema avisando que um dos maiores atores do país e nosso amigo tinha se suicidado, com um tiro na cabeça. Ulisses, Franco se matou! Ulisses ficou profundamente abalado, eles eram íntimos, mas ele estava no Festival de Cannes, onde a tristeza não é VIP.

Cheguei sozinha ao Teatro Municipal, para o velório, e logo vi um cometa tangenciando o caixão. Tonio. Bella. Me abraça. Tonio, aos prantos. Eu o admirava tanto. Chora. Fica aqui comigo nessa suspensão da descrença, onde eu trancaria o infinito. Chora, mas não olha para aquela câmera apontada para nós, cuidado, não se envaideça com sua emoção. Sai da luz onde eles podem nos ver, dança comigo esse balanço da morte, vem para cá atrás desse pilar, tenho mais experiência com a sombra que você. Me olha, no escuro a armadilha maior não é a vaidade, e sim se apegar e querer ficar aqui por muito tempo. Era isso. Franco se fora. Há algo visível na alma de um ator que parte, algo de uma beleza monstruosa que praticamente não existe mais, talvez seja um pedaço palpável da eternidade, ou até uma porta semiaberta para o mundo dos gregos, seus deuses e vícios, e quando se nasce com esse fardo na alma não há como escapar das maiores tragédias e graças. Muitos atores não são animais apenas dentro no palco, fora tem o mesmo culhão com o qual criam seus personagens, vivem todas as perseguições às liberdades de sua época e nos atiram à dramaturgia da vida com a naturalidade de quem sabe que a luta pela liberdade de pensamento é a mais potente metralhadora afetiva. E lá estava ele, o grande Franco abatido justo pela maior liberdade de que o homem dispõe para e contra si mesmo, mais duro que o sonho de um martelo, a despertar a fúria em todos nós. Mas atores não morrem, eles partem em direção ao lugar de onde vem os sonhos. Ele tinha o maior pau do teatro brasileiro. Você transou com ele? Não. Ele gostava de mostrar no camarim. Ele inventou o que a gente chama de quinta parede. No meio da cena, sem o público perceber ele mostrava o pau para nós na coxia. Não acredito. Ele dizia que queria ser enterrado, porque se fosse cremado era capaz de explodir um quarteirão com a quantidade de álcool que ele tinha no sangue. Bebia tanto que no terremoto do Chile de 1986 ele não acordou. Dizem que uma vez ele quebrou o espelho do Teatro Municipal de tão embriagado que estava, se viu no espelho e achou que era alguém no camarim dele usando seu figurino. Você está de carro? Levei-o até a casa dele. Entra. Eu disse que não ia entrar. Seus olhos pequenos, frágeis, lançaram-se sobre os meus. Eu gosto quando um homem sabe me olhar com um pouco de medo, é mais devastador que o medo. Eu nunca tinha estado a sós com ele. Posso dizer que era como se estivesse sendo chupada pelo mar. Da porta, eu podia sentir a ventania abrindo os botões do meu peito. Quero te dar um presente, e pegou em minha mão. Com todo o respeito. Quando um homem diz com todo o respeito sem colocar um sorriso na boca, duvide. Me espere aqui. Sentei num sofá vintage manchado de água de coco ou porra, com a minha cara de virgem que acabou de descobrir que as virgens também engravidam. Seu jeito de falar, com aquele sotaque baiano, era contagioso. Ele pegou na minha mão. Nossa, sua mão é fria, eu disse. Minha mão? E me olhou com a tranquilidade de quem nasceu olhando para o mar. Nenhum quadro na parede, apenas a foto de um palhaço triste, segurando a foto de um palhaço triste, segurando a foto de um palhaço triste, segurando a foto de um palhaço triste. Essa imagem é de um filme do Fellini. *8 e meio*? Não, um filme que ele não fez. Tome de presente. Me segurei para não perguntar, Onde está a faca, a manteiga? É que eu prefiro um Bertolucci consentido. Mas mantive a minha fé cênica de casta. Lembro que eu usava um macacão azul bem anos 80 e uma bota, meus cabelos tinham falsos cachos e é provável que minha bochecha tivesse um vermelho ilusório, porque sempre gostei de chineladas de um bom blush. Olhei em torno. Percebia-se que às vezes passava uma mulher por lá, tão ausente dali quanto ele, e mais nada que pudesse sugerir um lar de pessoas que transam. Interessante sua casa. Uma planta sedenta pendia suplicante sobre a mesa, e numa prateleira um São Jorge guerreiro olhava para mim. Moramos aqui há um ano. Tata está viajando. Está trepando na Amazônia. Não, ele não disse isso. Disse apenas, está filmando na Amazônia, mas tinha um prazer fodido naquelas palavras, como sempre, toda vez que alguém diz a palavra "filmando". Ela é assistente de fotografia de cinema. Eu estava certa. A câmera sem sexo e com hálito estranho estava entre nós com seus cliques invisíveis, a afirmar, estou aqui, tal qual uma pessoa infeliz que vai ao cinema sozinha assistir a um filme e bufa alto sem parar para mostrar que não está gostando. Pode tirar o sapato, se quiser. Eu tinha pisado num cocô na porta, mas não sabia ainda. Primeiro senti o cheiro da bosta, depois é que descobri de onde vinha. Não foram nesses primeiros dois minutos que entrei em seu quarto, a maior transgressão foi descobrir de onde vinha o cheiro ruim que tomava a sala, era dos meus pés. Essa foi nossa primeira intimidade, descobrir a merda que eu tinha trazido para dentro da casa dele. Tira a bota, me dê sua mão e vem comigo. Sua mão é quente, disse ele racionalmente, e me levou para dentro, quase um Kant, o filósofo virgem. Essa é a minha cama. Eu já conhecia muitas camas, para mim aquilo era um berço sem grades. Era sua cama de menino? Cadê o Atari, já entendi, vamos jogar videogame. Com todo o respeito. Isso, continue sem sorrir, prefiro assim, meu encosto de Lolita já estava quase com o controle do Atari na mão. Quero te mostrar meu filme. Te trouxe aqui porque só tenho televisão nesse quarto, menina. Acabei de fazer esse filme, queria sua opinião. Lógico, ninguém existe de fato sem ser percebido, ele só queria ser aos olhos do mundo o máximo que já era para si, mas precisava de mim, do meu sexo, de todas as mulheres na sua cama de menino, para ter assim a força para transmutar seu talento em algo universal. Algo me dizia que não veria uma obra-prima de camarote, não pela obra, mas porque faltava muito pouco para eu ficar cega. Eu conhecia a cegueira do arrebatamento, eu sabia onde estava me metendo. Posso colocar? O filme? É claro. Me dê, está aí ao lado de sua mão quente. Estou em Marrocos, mais precisamente em Casablanca, tentando fugir da Terceira Guerra Mundial, e o próprio Bogart me diz que minha mão é quente, pela segunda vez. Minha mão é quente? Sente. Eu sinto. Não, sente. Sim, sento, aqui? Onde quiser, fique à vontade, você está bem? Não, estamos em guerra, e talvez seja essa a última chance que temos de viver um romance, me sinto um pouco apertada. Pode tirar o que quiser. Posso? Tire essas roupas. Tiraria tudo para o líder da resistência, mas acho que eu já estou confundindo os personagens. As roupas que estão em cima da cama. Claro! A televisão estava no pé da cama nos convidando a deitar e a assumir nossos braços encostados. Aqui é um cinema abandonado, são 2:37 da tarde, o lanterninha faltou, daqui a pouco serei a primeira a assistir *Casablanca* ao lado de Bogart, ou é sua cama? Minha cama. Não sei se estou gostando disso, acho que preferia ter sido o cérebro que escreveu *Casablanca*, é muito pequeno esse lugar onde você está querendo me colocar. Como assim? Sua cama é muito pequena. Como vocês fazem, você e sua mulher, para se deitarem juntos? Eu durmo sozinho aqui, eu tenho insônia. Eu também. O filme começara. Quem é a diretora do seu filme? É um diretor. Imaginei. Sempre eles, lá e aqui, e nós no máximo com o controle do Atari na mão. Chega de falar, acho que já começou. Já começou faz tempo. Sim, começou. Vamos ficar quietos e fugir da Guerra um pouco. Toda vez que assisto um bom filme sinto que posso fugir da Guerra, a pé, cruzando os Alpes. Quando vejo um puta filme, sinto que posso ficar e lutar, afinal, no início do século XX fugiríamos para a América, mas hoje, vamos para onde? Não era *Casablanca*, não era Bogart, era apenas Tonio, e talvez um diretor bem-intencionado querendo acreditar que o novo é aqui. Não quer mesmo que eu volte do começo? Deixa.Você quer mesmo ver o filme? Pode deixar.Você ainda está apertada? Pode tirar o que quiser, não me incomodo. A sua mão, deixa. Eu estava com a mão sobre a dele, sempre que não posso, pego na mão das pessoas. Assedio antes que me assediem, num ato de sobrevivência. E nesse charivari de mãos e frases curtas, deixei ele me olhar por mais de três segundos. Posso? Sorri. O que é isso? Carinho. E agora? Carinho em movimento. Depois de uma hora de olhares e carinhos ininterruptos, sem um beijo sequer, tive certeza que sacanagem pode muito bem ser confundida com carinho em movimento. Menino, com a tônica na paroxítona, nossos caminhos se cruzaram de maneira irreversível. Menina, eu só não posso me apaixonar por você. E ali a garota de 24 anos, que praticamente foi jogar videogame no quarto do garoto, fez quase tudo que só as boas garotas sabem fazer, mas foi embora, sem um beijo sequer. Sim, porque os beijos mais doces devem se fazer esperar.

quarto da fazenda, 2016

segunda-feira, 11h

É muito filho da puta um cara te convidar para assistir o filme dele no sofá-cama. Em nenhum momento te pareceu óbvio? Com quantas ele deve ter feito aquilo, não? Eu não conseguia responder, nem me sentar, muito menos entender porque estava contando aquilo tudo para Ulisses. Andava pelo quarto na vã tentativa de fugir da realidade, assim ao menos me parecia ver a dor mudar de lugar. Eu fiz isso com você, Bella? Eu sou foda. E começou a tossir. Me conte mais sobre nós. Ele tivera o AVC no dia do meu aniversário, entre taças de vinho e um cassoulet. O quase derrame foi o meu presente. Obrigada, eu suporto a dor de ter encontrado tamanho amor e ódio por alguém, logo eu, que tenho fobia de realidade, como todas as atrizes e gatas sem úteros no cio. Lembrei da minha verruga no joelho queimada pelo cigarro de um namorado gótico, e do hospital onde Ulisses foi atendido por um médico negro, e de como são alvos os olhos dos negros. Me veio a imagem de Ulisses me olhando, como quem diz, Não quero ir com esse médico, vem comigo, me tira dessa realidade, e do nojo que senti do racismo branco de Ulisses, só que às vezes não há antídoto para o que é real. De jeito nenhum eu queria ir para a triagem junto daquele efetivo racista e hipócrita, mas quantas mulheres não devem se calar diante dessa vida de grana e retórica, que diz, Não sou racista, é só um modo de falar. Eu era uma delas. Na sala de espera, vi um pai negro que não podia entrar. Nem todos no atendimento, muita realidade junta atrapalha, o pai negro dizia a seu filho pequeno, com um sorriso de quem sabe que nossas mãos fechadas são do tamanho dos nossos corações. Já os pais ricos subiam com suas carteirinhas do plano de saúde premium pelo elevador, afinal a sala de espera lá em cima é bem maior. O barulho da máquina de café espresso, as crianças chorando de dor, a dor que não escolhe a cor, os bebês que não separam a realidade do que realmente importa, Bella Maria da Graça, meu nome da carteira de identidade, uma adolescente me pedindo um autógrafo, e a minha vida que nunca pôde esperar, me lembravam que eu, a minha existência inteira, tinha escolhido furar a fila do céu. Ele precisa ficar em observação. Você pode ir embora. Não adianta ficar aqui, Era tudo o que eu queria ouvir. Mas apenas respirei e disse. Eu não posso ir embora. O que você tem, Bella? Estou afundada demais nesse ouro de merda para vestir o papel de heroína. De repente, me dei conta do meu coma e de como a dor na prática é infinitamente mais dramática do que a dor que inventamos.

porta da casa do ator-fetiche, 1997

Tonio,

há um ano eu esperava as reticências do que podia ser nosso quarto encontro, o nosso "para sempre" ou seja lá o que for que faz uma pessoa sentir saudade da outra, mas você não apareceu, preferiu acreditar mais na sua vida de ator-fetiche do que em mim, sempre soube que eu nunca largaria o osso das minhas commodities pra viver com você, um cara sem casa pra guardar seus prêmios. Ninguém abandona o Paraíso pela porta da frente, mas eu pensava em você, meu Deus, como uma fervorosa, praticante de todas as posições. Estava doente, obcecada, tarada pelo menino que eu comi sem beijar, que tinha em um ano se tornado uma máquina de fazer filmes, filmes de arte, filmes políticos, filmes meu cu, filmes meio cults, filmes misteriosos demais pra minha reles frivolidade, eu estava pouco me fodendo pro país, pros rumos da cultura, queria ser francesa, queria a nouvelle vague, queria os dois, o diretor-marido-gênio-escamoteador e o menino-ator-fetiche, o pecado e o capital, nessa minha infernal propensão de ficar em cima do muro emoldurada de baton no inatingível. Ainda não tinha maturidade para ter consciência do mito que você fez crescer de propósito dentro da minha calcinha. Vai, confesse, você quis ser a minha lenda, só nunca imaginou que eu a publicaria. Era muito escroto sermos amantes, se podíamos ser eternos. Bons amigos, o caralho, isso nunca, talvez super-heróis que voam um até o outro e param o tempo por horas no banheiro da sala da justiça, onde se comem sem culpa os imortais, e dizem sem dó, Até a próxima baby, até a bênção de um breve esquecimento, só não chora, mulher-gata, você fica toda manchada, para todos os efeitos nunca houve nada entre nós, no máximo uma camisinha que nunca estourou. Santo metal oxidado, Batman, só os heróis podem dizer isso. Há um ano, eu podia ter trancado teu infinito no meio das minhas pernas, a ouvir você dizer que só o que não faz força para ser é para sempre, mas eu sempre soube que não ia muito longe com você. Nenhuma mentira babaca foi guardada por nós em nenhum recado, só a lembrança de uma boca inchada a dizer, Eu não vou te esquecer, e de ouvir, Só não conta pra ninguém. Você me pediu tanto que nunca mais o procurasse, que nunca mais, e eu prometi que não, só que não, pode deixar que eu te procuro, juro, eu vou voltar, não vai, esquece, você vai querer aparecer de relance pra mim numa frase ou outra que eu vou rabiscar, mas eu posso te provar, tenho planos mais ousados pra nós, vou te acorrentar num livro e te perseguir pra sempre em tua memória afetiva. Então se proteja mesmo, vai fazer filmes, vai lá, eu vou te fazer chorar, te fazer gozar, te fazer respirar de maneira tal que se isso não for eterno para você, num cinema bem próximo de você será. Vou te deixar escapar para apagar e acender as luzes do quarto de outra mulher, porque não quero ver você chorar nem sentir ciúmes de mim. Sou como vocês, os fortes, simplesmente não quero ser cúmplice de uma merda premeditada, prefiro esperar um "eu te amo" derrapado na curva, a esperar sentada na sua frente, com um anel na mão esquerda, nosso amor ficar babaca. Deixo você me atropelar e colocar a culpa em mim, no carro, na poça, na lama, deixo você fingir não sentir saudades, sentir saudades é a prova cabal da merda, e você não queria fazer uma merda com uma menina casada com o fodão-diretor de cinema, amigo de todo mundo, que merda, não, ser o come cu de merda, não, o herói sem caráter, um ator em ascensão tão digno, tão coerente, não, não quer se prestar a esse papel, então vamos esperar o acaso. Nosso lema, errar o mínimo, entregar-se ao erro o máximo.

Naquele dia, 21 de setembro de 1997, minha voz estava especialmente grave, lembro que ele tinha estreado uma peça na sexta, sábado tinha sido o fatídico segundo dia, e o domingo à noite, o dia em que ele não recebeu minha mensagem de merda. Atores bons são inseguros, mas na segunda de manhã são ainda mais, saindo da banca com os jornais e as críticas debaixo do braço. Eu sabia que, mais cedo ou mais tarde, meu telefone tocaria. O tema da peça dele era um recado para mim, um cara que não teve coragem de viver um amor por outro homem. Mas como não sou mulher de esperar o Rei de Copas sair nas minhas cartas de tarot, eu estava de tocaia na esquina da sua casa-cafofo-muquifo-motel, com um pingo de perfume doce e um Tchekov na bolsa. Lembro do calor do asfalto, das casinhas da Lapa e suas proprietárias de 90 anos, que ainda cuidam dos gatos umas das outras, e Tonio de azul com o saquinho de papel do pão na mão, e os buracos na calçada, sobre onde passei inúmeras vezes naquele mês, na frente daquele portão verde. Eu poderia decifrar por telepatia o hai-cai escrito naquele saquinho. Mas queria parar e atravessar a rua. A despeito do aviso ali contido. Cuidado. A traição é um estilingue apontado para si mesmo. Com um espelho no meio. Não buzinei, só reduzi e brequei como Mae West brecaria, em *Uma loira para três.* Pensando em mim, por acaso? Entra seu sumido, não me importo de dar uma carona para sua incoerência. Lembro do abraço mais tranquilo, e de dizer, Eu? Eu estou tranquila. Lembro de querer perguntar demais, mas não, nunca digo tudo, garotas rodadas sabem que isso destrói o entendimento das coisas. Lembro de querer mais ouvir que falar, dos óculos Ray Ban, de que marcas não combinavam com ele e de concordar que o silêncio era sua profissão. Deixa eu olhar você, você está linda. E você quase mais famoso que eu. Isso é bobagem. Você não vai me convidar para entrar? Minha mulher está em casa. Tudo bem, vamos indo. Lembro dele perguntar, Onde estamos indo? Não sei. A gente nunca sabe para onde está indo. Lembro de, sem querer, embicar numa rua sem saída, da sombra das árvores, dos vidros do carro enfumaçando na velocidade da luz e do volume dele na calça de moleton. Os vidros eram o papel de uma máquina de escrever, onde as palavras grudavam à medida que evaporavam de nossos lábios. Me dá sua boca. Ninguém pode nos ver. Não estamos fazendo nada, ainda, até que tomou de mim o beijo mais triste da minha vida. Me beijou como quem extrai as letras, uma por uma, de um linotipo. Dois moleques deviam estar vendo nossos seis a oito mil toques por minuto, mas foda-se, eu já estava no seu colo, e ele dizendo que queria meter em mim. Difícil para uma mulher falar essa frase. Melhor não, acho que ele estava dizendo que queria me ter, mas não, era meter mesmo, isso, era meter, meter, meter, eu preferia meter também, assim no carro, na frente dos moleques, se andasse por aí querendo me ter, transaria comigo mesma. Lembro quase ao mesmo tempo do tesão e da ternura, um pouco do cheiro dele, o cheiro dele quase foge da minha lembrança, cheiro é para os artistas plásticos, eu prefiro lembrar das pausas. Lembro de sua ansiedade, de sentir, Esse filho da puta gosta de mexer com a fé das pessoas, e de mim, e de decidir, Aqui não, quero uma cama para me deitar dessa vez. *Dessa vez*, difícil essa expressão. *Dessa vez*, determina todo um contexto anterior a essa vez, mas, foi como foi, dessa vez. Quero ir para outro lugar. Então vamos, vamos por dentro, pôr dentro, por onde, não sei, a gente nunca sabe para onde está indo. Lembro de chegarmos a um acordo, sem angústia, mais um rock'n'roll em Paris, simples assim. A partir de agora, estamos na Ponte Neuf, sussurrando *je suis comme je suis, je suis faite comme ça, quand j'ai envie de rire oui je ris aux éclats*, posso me equivocar ao adulterar frases em francês na Île-de-France, mas tudo é possível depois que se abre a boca para dizer, Esse momento não vai durar para sempre e nós sabemos que isso vai doer. Eu não estaria me enganando, meu consolo é que Aristóteles também erra, a ausência da dor não é melhor que o prazer, então deixo você escrever esse pedaço, e ele foi taxativo. Fica quieta, deixa eu pegar a direção e *suce-moi la bite*. Vai beijando meu pau pelo caminho até minha *petite mort*, o que seria mais grandioso, mas é tudo tão rápido e vil, que escapa assim sem censura. E o carro parte rumo ao *arrondissement* mais próximo mesmo com a falha na partida. Lembro dele dirigindo minha Bugatti pelos *quartiers* do Marais, porque de olhos fechados é mais fácil acreditar em milagres e também bater o carro. Cuidado, abre os olhos, senão eu vou te batendo uma punheta e você meu carro. *Regardez moi*, o Le Ritz é logo ali, só não erra a entrada caso contrário vamos ter que acabar num hotelzinho de quinta. Lembro de implorar pra moça da recepção deixar a gente entrar, eu estava sem documento, e sem documento a mocinha não pode entrar. Já dizia Proust, as moças da recepção dos hoteizinhos e aquelas vacas da CET, que multam todo mundo, gastam a melhor parte de suas vidas tornando a vida das outras moças miserável. Tome meu anel, é de ouro rosa, fica para você, mas me deixa entrar, você não está entendendo, estou com Jesus no corpo, eu juro. E ela, uma mulher tão correta, sempre honesta, e tão pilantra, pegou meu anel sem pestanejar, nos deu um papel com o número do quarto e disse, Vocês têm duas horas. Você deu um anel de ouro para ela? Lógico, eu vim até aqui, se você pensa que isso não vale nada, eu estou num filme do Truffaut, num hotel abandonado sem elevador, onde os quartos não têm números e não há nada nem ninguém que poderá me parar. Vamos ficar aqui na escada. Não, eu pedi um quarto. Não, você não pediu um quarto, Tonio, você pediu o quarto mais barato, eu nunca vou me esquecer disso, mas eu só preciso de uma cama. Lembro que não foi o lençol cinza-rato daquele muquifo o que mais me chamou atenção, e sim um livro na cabeceira da cama, em francês. Em qualquer bodega, seja aqui ou na puta que pariu, tem uma luz amarela entrando pela fresta da janela, um quadro tosco na parede e uma bíblia na gaveta, mas na cabeceira da cama daquele *bas-fond* tinha um livro em francês, era praticamente um acinte à minha imaginação, um livro, ali, em francês, e na capa dele uma mulher deitada de costas com uma concha sobre o umbigo, o que podia ser um Magritte roubado, uma mulher apaixonada por um poeta de poemas escabrosos, ou uma obra de arte, como eu, dotada de múltiplos talentos, esperando um Antoine me revelar. Daqui em diante, posso continuar num estilo Sabrina de ser, e dizer que tirei a roupa apoiada no batente da porta, fiquei só de sutiã e calcinha, depois só de sutiã sem calcinha, a calcinha foi descendo devagar, meu bumbum loirinho meticulosamente posto na luz, e ele, já sem roupa, me olhando, mas quero falar do livro de cabeceira, deve-se temer, mais que o Diabo, o estilo de Sabrina. Como alguém naquele antro foi capaz de deixar um livro em francês ali, desculpa, não sou eu quem está escrevendo isso, isso aconteceu, e há muito tempo não existem coincidências. E quando ele entrou em mim, eu entrei em Baudelaire, e sem entender uma porra daquelas palavras, li em voz alta para ele. Era foda não imaginar o escritor ali, assistindo a mim e Tonio, o escritor que não quer se vender, então ele morre miserável dando seus melhores poemas para donos de puteiros em troca de garrafas de uísque, e sua poesia vai passar a eternidade a espionar de camarote amantes baratos cuspirem fora tudo, *l'éternité*, menos suas poesias ou as de um Rimbaud. Enquanto os dois me comiam, quis ser eterna, como se pudesse ser eterno um livro de cabeceira de um hotel de quinta, que ninguém vai parar pra ler, a despeito de toda a sua poética, e a de Aristóteles, porque não, a ausência da dor não é maior que o prazer, e já que tudo é tão foda um livro de cabeceira de motel também pode ser. Lembro dele de pé sem roupa e eu pensando, Sabrina, desencosta, que honra estar aqui nesse dia fora do tempo, ele me deitando de pernas abertas e me beijando, parando para rir sem querer de uma piada que eu fiz, se tu gostas de pau mole vou te levar à loucura. Lembro do telefone celular tijolão dele tocando sem parar, eu pensando, Olha, o ator-fetiche-de-cinema-essencial-profundo está muito mais famoso que eu, a atriz-wonderland-só-faço-novela-que-merda-coma-me, mas não chorei por isso, não falamos de teatro nem de política, apenas ele de azul e branco, que era segunda-feira, quase primavera, e que foi uma vez só. Lembro de algum silêncio. Muito. Muito. E quando acabou, o livro não estava mais lá, nem Paris, talvez alguns corredores dos filmes do David Lynch. Lembro de não ter o que dizer, e ouvir. Eu te amo. Eu também. Difícil essa frase, mais do que todas as outras. Lembro da luz branca do quarto se acendendo. De mim, me olhando no espelho, de estar molhada, dele passando o dedo, de mandar Sabrina embora, e ouvir, Você ainda está molhada. Nós temos que ir. Por que eu te conheço tanto? Não sei. Lembro que nesse dia meu gato sumiu. É assim. Meu gato some. De repente. Gatos somem de repente, nos deixam, simples assim, dessa vez está doendo. É menos, Começo a te esperar, e mais, Descubro um pouco mais o que há. Lembro de querer escrever só a memória do presente, mas vejo agora ao ler que não escrevo nada, tento esquecer, porque não tenho onde esconder a não ser aqui, o nosso sexo é triste porque é raro, lembro de me perguntar, Onde vou guardar isso?, de ter medo de esconder tão bem a ponto de nunca mais encontrar, então escrevo para que a perda fique menos insuportável. Eu tinha uma música do Tom Waits para aprender a tocar no violão. "Blue Skies". Lembro que falei para ele do meu tesão pelo meu professor de violão. Até isso eu me lembro.

quarto da fazenda, 2016

segunda-feira, 11h30

Quando olhei para a cama, Ulisses dormia. Jazia calmo novamente no sono da peste, minhas mãos tinham o perfume de sua cabeça-gênio, e de seus cabelos saíam indícios do couro cabeludo de meu pai. Quando o Doutor chegou, Ulisses ainda estava inerte. Você tem conversado bastante com ele? Sim. Sinto que estou matando alguém. Você não está pressionando-o a se lembrar de nada, certo? Não. Estou apenas excitando-o, fazendo o que o senhor me orientou, seu doutorzinho, pare de olhar para meus peitos e sentir inveja do enfermo. Bella, não temos muito o que fazer, mas, como somos próximos, posso te dizer, continue excitando-o. Mas não faz sentido, Doutor. Se não fôssemos amigos, não teria esse procedimento, mas como o conheço muito bem, alguma coisa me diz que ele vai reagir. Depois que ele disse isso, eu calei, como a escritora nunca faria, mas sim, eu sei fazer direitinho, desde a minha última encarnação como a poodle da Liz Taylor. Diante daquele Doutorzinho, eu me podei, como tenho feito diante da vida, de Ulisses, dos amigos de Ulisses, dos artistas-empresários-políticos-médicos-santos--usurpadores-baba-ovos-de-Ulisses. Há séculos prefiro ser a dama da aceitação à do lotação, e me emudecer diante de pessoas próximas, que proferem seus absurdos, tais como, A esquerda só quer dilapidar nosso patrimônio, ou, Imagina se não tivéssemos a Igreja, os lúmpens seriam muito piores, ou,

Os gays são patrocinados pela KGB desde o berço, ou, Tadinha da Marcela Antonieta. O Doutorzinho continua lá, olhando meus peitos. Me silencio e me enquadro no *passe-partout* do império das falsas verdades, das indignações equivocadas e dos capitalistas conservantes produtores de falsas retóricas, e por isso, tão e somente por isso, sou rica e faço tanto sucesso. É imprescindível saber se sentar de pernas semiabertas em volta das porcelanas de Limoges, sob o frio de São Paulo-Moscou, afinal o frio não é culpa nossa, e sim da esquerda simpática à Rússia. As pessoas morrem lá fora, mas ainda bem que alguém pensa nessas pessoas, no fundo são só pessoas lá fora, o mundo está cheio delas, para isso sempre vai haver o frio e a peste, para nós resta o trabalho de receber para jantares, dar festas beneficentes e soltar nossas lhamas de estimação no salão, sem calcinha, porque nada pode nos incomodar, com a desculpa interna de pra que discutir política na esbórnia que se transformou o Brasil, isso é quase como querer ser crítico de filme de sacanagem, que vê os outros se esbaldando e assiste tentando racionalizar. Bobagem, ninguém aqui em casa perde tempo com esses filmes, talvez a empregada, então por que discutir, não é? Política, religião e futebol não se discute, certo, Doutor? Vamos beber! Doutor, aceita um conhaque? Não, obrigado! Aceita o melhor conhaque Camus Cognac Cuvée? Aí, sim. Ah, sim, do que falávamos mesmo? Do rei em coma. Ah, sim, Ulisses. Diga-me, como ele reage? Ele se acalma quando eu começo a falar de sexo. Parece me ouvir, às vezes comenta, como se ele próprio tivesse vivido as histórias comigo. O acidente vascular provavelmente provocou uma lesão na memória dele. Não temos como mapear o tamanho da sequela. É importante que você apenas converse com ele como combinamos. É fato que, desde que você começou a estimulá-lo sexualmente, ele tem demonstrado alguma melhora, então continue nesse caminho. Certo?! Padres e médicos sempre me soaram familiares. Já sentei no colo de um padre. Já ouvi. Pode me dar um beijo. Beijo é a expressão do amor. Isso. Agora pode dar um beijo aqui na minha boca. Assim como você beija seu pai. Minha boca é santa, menina. Isso. Agora pode pôr a linguinha. A altivez dos médicos e dos padres. Eles não precisam te deixar nua para te devastar. Fico imaginando um médico se confessando com um padre. O Doutor já vai embora? Sim, preciso ir, vou almoçar com o presidente interino. Você continua linda. São seus olhos, Doutor. Vi sua Playboy, escondido da minha mulher, é claro. Só tenho a agradecer a Ulisses por permitir que você, a senhora, a senhorita... enfim. E passou a mão na minha bunda. O filho da puta continua o mesmo, produzindo gafes e escrotidões na velocidade que os coelhos piscam, e não brigando com pessoas queridas por causa de política, nem sentindo desesperança, no máximo uma *melancolie* charmosa. Não acredito em médicos bem vestidos, pessoas sem pescoço, fondue e água de coco de caixinha, nada que venha embalado na Via Montenapoleone de Milão. Tchau, Doutor. E mande um beijo meu para o vampiro decorativo da Moldávia, vulgo presidente interino.

hotel em lisboa, 1998

Me gusta o sindicalista nordestino, faria propaganda para ele, se ele me pedisse, mas são os outros que me querem, a esquerda me olha com desconfiança, nunca flertei com ela à luz do dia. Não via Tonio desde a Paris que não fomos. Mandava cartas que ficavam sem resposta, mas acompanhava suas opiniões corajosas em entrevistas sobre a política e os rumos do país. Não faça essa bobagem, Bella, artistas não têm que se envolver com política, esse cara fala na terceira pessoa, ele e o Pelé. Ulisses, alguém precisa dar um olé no FMI, por que só ele fala em tirar as pessoas da pobreza? Você não percebe, Ulisses, que seus amigos querem sumir com a fome, a seca e o desemprego no Nordeste dos noticiários? Não tenho estômago para esses discursos populistas, Bella, é risível alguém que não entende de política tentar dar sua opinião, se esses caras subirem ao poder pode dar tchau para sua fazenda e para sua herança, baby, finja-se de bela, e continue fazendo suas tórridas cenas de amor dos próximos capítulos. Ulisses, eu preciso ter uma opinião, e o presidente, o seu amigo filósofo, está me chamando para fazer propaganda política para eles, é muito dinheiro. Se eles te convidaram para subir no palanque, é porque você é o circo, do pão e o circo, não tem que saber falar sobre pão. Não dava para conversar com Ulisses, ele era um fascistinha verde-amarelo terceiro-mundista que tinha orgasmos com sua coleção privada de prêmios internacionais de festivais de primeiro mundo. Nesse autoencastelamento, cheguei a pensar em desistir, mas seria abdicar de Veneza, Berlim, Paris e Londres, de uma vez, logo me contentei em enviar cartas-poemas por fax para Tonio, que então vivia na Bahia, e entre um filme e outro era militante do partido do sindicalista-mártir. Eu preciso falar com você, Tonio, mas quanto de verdade nosso corpo suporta? Eu, a princesinha das telenovelas, os peitinhos mais desejados do Brasil, caguei que você tem intolerância à realidade, vou entrar pelos fundos da sua alma, eu quero te ver, mesmo confusa diante de frases em entrevistas suas e seu discurso radical sobre não fazer novelas, sobre a TV ser a responsável pelo embrutecimento das pessoas, sobre essa dose diária de relaxantes in-ofensivos na veia do imaginário coletivo, vem logo, ou você vai sonhar comigo numa sexta-feira, vestida de branco, até pegar fogo na sua cama, sem saber se voltaremos ali, onde paramos. Caguei se você não quer contribuir para o deleite desses seres alienados, que choram diante da televisão frente aos beijos dos atores milimetricamente triangulados com a câmera, o buraco negro das massas, saiba que também rechaço ser a starquality, a menina-propaganda de esmalte, a sex-symbol das antas, o modelo de beleza da inércia e do neutro, dos cheios de preconceitos, simplesmente porque assistem a vida e não a vivem. Tonio, confessa que você pensa em mim, todos os dias, todo comunista sonha com uma Nespresso e com os peitos da Marilyn Monroe, porque no seu sumiço e na sua expressão você parece me desprezar como quem despreza uma massa sem predicado, onde não circula um sentido sequer, apenas o espetacular sem sentido, mas não me confunda com o vazio, o baby doll da apresentadora do Jornal Nacional, sou o azul da Frida Khalo, e vou chegar por cima da sua mesa, quebrando os copinhos de requeijão do seu jantar feliz, sem medo de roubar a chave do seu sossego. Naquele ano de 1998, eu engravidaria e perderia um filho de Ulisses, eu, um cigarro e o que restava do meu fôlego, o Brasil não elegeria o primeiro presidente ex-metalúrgico da história, e na minha cara aquela expressão máxima da minha covardia. O FMI continuaria a receber tecnocratas do governo de joelhos, e a paixão que eu conheci com você viraria um cemitério de bitucas, os jornais decretariam a vitória deles mesmos, os coronéis mandariam como sempre no Congresso, e eu ficaria, como sempre, em cima do muro. Por isso eu quero que você engula o meu choro, ele não cabe em mim, dentro de quem faz alianças com o diabo, esnobada pela esquerda, que ainda tinha braços para segurar a bandeira da ética, e adorada pelo resto. Meus fãs são pessoas muitos crentes e meus chefes muito ricos, então não posso falar mal da Igreja, nem sair cantando por aí "Nós não vamos pagar nada", errei em algum lugar ali atrás e agora é tarde, ainda assim, eu quero tanto falar com você sobre cinema novo, Antônio Conselheiro, sonhos, nosso amor por Cassavetes, no entanto aí embaixo, enquanto vocês pedem soberania, aqui do alto da nossa torre, por dentro do covil da grana, uma revolucionária infiltrada, eu só posso te dizer uma coisa bem alto, Vocês não podem ficar reféns de um líder só. Mas você some, porque sabe o que o profeta anuncia para nós, porque sabe que algo profano nos aguarda, a nós todos, malditos enforcados num colar de utopias sem fim. O que você está fazendo, Bella? Era Ulisses. A essa altura, eu rabiscava mais uma carta para Tonio, assinaria apenas, Lisboa, maio de 1998, sem saber se ele receberia a visita do meu corvo-correio. Estavámos, eu e Ulisses, em Luz-boa, a cidade onde o tempo parou eternamente para tirar uma foto com Fernando Pessoa. Eu apresentando a minha peça *Volta ao lar* de Pinter, e Ulisess como meu acompanhante, a vida dando voltas com possibilidades de derrames e ataques cardíacos no encalço. Bella, estamos no Chiado, esquece esse assunto de sindicalista nordestino, vamos passear, quero ir tomar um vinho no Chapitô. Olha só que curioso, à noite no Chapitô um ator brasileiro vai ler um texto da Clarice Lispector. Eles amam Clarice por aqui, eu disse, meio sem prestar atenção. Que ator? Um tal de Antonio Gael, não conheço. Antonio Gael, você disse? Sim, Bella, Antonio Gael, já ouviu falar? O meu silêncio poderia estragar tudo, a começar pelo pingo de respeito que ainda tinha por Ulisses e seu pijama inglês. Por que a surpresa, você o conhece? Surpresa é quando a vida resolve algo por nós. Aquilo era um escândalo, Deus me castigando pelo meu sarcasmo. Só de nome. Então vamos conhecê-lo hoje à noite, vamos ouvir Antonio Gael falar Clarice, *A hora da estrela*. Deem a volta ao mundo aqueles que têm uma alma leve para carregar. Eu dou voltas em torno de mim mesma, meu sanatório e meu tarot invertido eu carrego para todo lugar. O que você está fazendo, Bella, vai sair? Enquanto você toma banho, vou aproveitar e dar uma volta com a filmadora, preciso procurar uma fita virgem numa loja, já volto. Eu podia ter cuidado, mas não, eu podia ser honesta, mas não, eu podia ter medo, mas aprendi a beber com o restinho de uísque dos copos do meu padrasto aos nove anos, e o tempo urge. Recepção, por gentileza, gostaria de falar no quarto de um hóspede. Na verdade, gostaria de falar com a acompanhante do senhor Antonio Gael. Não será possível, não temos nenhuma acompanhante de Antonio Gael neste hotel. Vocês têm Antonio Gael, aqui neste hotel? Antonio Gael, sim. Sim? Sim, senhora. Não! Sim. Por favor, fale de novo, sim. Sim. A musiquinha de fundo do saguão do hotel era indecente demais para embalar a minha euforia quase infantil. Eu me sentia no abismo de um sonho, a noiva de Fellini fugindo do noivo para encontrar seu sheike branco. Quarto 21, senhora, posso transferir? Senhor, meu nariz está sujo, eu estou bonita, será que a cama aguenta? Eu vou me quebrar toda, mas pode. Pois não, senhorita, estou a transferir. Os acasos, somos muito mais capazes de matá-los do que morrer por eles. Vou falar bem baixinho para não espantá-los. Alô. Sim. Quem é? Bella? Como assim, aqui embaixo onde? Aqui no hotel? Mentira! Aqui? Você está sozinha? Mas você pode subir aqui? Então vem. Mas tudo bem você subir aqui agora? Você é louca. Não, Tonio, não sou, sou apenas eu, Bella, na verdade sempre estive aí em cima, mais iminente do que você gostaria, hoje estou subindo só um pouco mais romântica-gótica, preciso colocar as minhas más virtudes perto das suas, te ver, talvez te abraçar, rir, talvez sonhar, afinal as feiticeiras é que mandam. Foi aqui que pediram serviço especial de quarto?! 365 noites e dias inteiros de distância a um palmo da minha falta de ar, mas era preciso esperar a porta do purgatório se abrir para me desabar elegantemente sobre aquele cabra, que eu inventei. Meu doce pesadelo quando menina era conhecer o Egito, e não Portugal. O Egito, onde, para mim, as princesas tinham três príncipes, um para dormir com elas, outro para cuidar de suas cozinhas e outro para puxar seus cabelos de vez em quando, mas nosso hotel tinha uma vista panorâmica para o Tejo de onde as primeiras naus rasgaram os mapas, então brincar de espada com o meu menino estava de bom tamanho. Eu o procurava como quem tateia um devaneio. Quem diria que eu teria que vir pra Lisboa para chegar na Bahia! Sou que nem Guimarães Rosa, sou um baiano com uma costela portuguesa de Trás-os-Montes. Eu também sou como Guimarães, visito o amante como quem lê Eça de trás para frente. Com a filmadora na mão, a fim de todos dos desatinos que pudessem caber em 17 minutos, posso entrar? Me abraça forte, sua delicadeza é um tapa, é por isso que depois dói tanto. Eu me movia absolutamente tomada, a leoa de um zoológico vegetariano, que vai ver carne pela primeira vez. Tenho para mim que Deus não fez outra de ti por ver o perigo que fez. É um fado ou um fardo? Vamos logo com isso, tenho quinze minutos para achar uma fita virgem nesse quarto, quinto encontro, um ano depois do último, chega dessa progressão aritmética do enfadonho, por que fazemos isso conosco, nos fazemos engolir tanta espera, me beija, fiquei com ódio de você, minha mulher recebeu uma carta dizendo que eu tinha um caso com você. Ah, não, mais um motivo pra você me procurar, e as minhas cartas, você recebeu? Não, nunca? Nenhuma. Filha da puta, foi ela que abriu minhas cartas, me beija, eu estou com ódio de você, mais um motivo, faz de conta que eu sou a garota da ficha rosa, a Polyanna, a Polifrágil, a Polivalente, ou até a Poliflor, tudo pelo mesmo preço, e nem vou te cobrar nada por isso. Você continua linda! A voz, la vague, como sempre um tom abaixo, calma, profunda, você está mais bonita. Estou mais aterrada. Enterrada?! Pode ser, mas não vou abandonar tudo para ficar com você. Infelizmente, ele gostou de ouvir isso. Me olha, como eu quero me dar aos teus braços com a frequência que respiro, reter o teu cheiro misturado a meus cabelos, à prova d'água, ter os teus olhos focando o meu desejo com a violência exata de uma mordida bem dada. Não, para, eu não falava nada dessas frases feitas pra não serem ditas, sua boca não deixava, não parava de me beijar sequer para dizer que ainda estava com raiva de mim, ele se entregava pelo pulso da garganta. Sou o tesão que você já sentiu por outro menino e achou que precisava esconder, porque tem a gana de esconder até a morte o que julga ameaçador. Com esse amor, duas pessoas não podem ficar juntas. Para, para senão eu vou gozar, mas não tenho certeza de nada, nós só não podemos nos tornar amantes, nós não vamos, sim, não, não vamos nos tornar amantes, nós vamos fazer coisa melhor, vou ficar de quatro, vamos ligar a câmera e contar pra todo mundo que você tem medo de mim. E não é pra ter medo? Você não sabe guardar segredo. E você é um Béla Tarr, guarda segredos demais, eu prometo te deixar fugir de mim pra sempre, mas antes põe seu pau em mim e seu pânico de morrer também, mas devagar, mais devagar e olha pra mim, ficaria aqui assistindo você e todos os filmes do Bigas Luna, mas você só tem mais cinco minutos pra depois ir descascar batatas quentes com a mão, então vamos acabar com isso logo, já tenho o que eu preciso, eu liguei a filmadora quando eu entrei, na verdade ela está ligada desde o primeiro dia em que te vi, você não vai gostar, eu já sei, somos intérpretes canastras de nós mesmos, sempre fomos, todos os apaixonados são, são o pior melodrama de si mesmos, só existem enquanto se consomem na ânsia dos seus ideais de juventude, enquanto os figurinos ainda estão novos, me dá seu pau, não vou facilitar pra você, vou te fazer gozar, meu amor, protejam-se lençóis limpos, as velhinhas da Lapa devem ser mantidas bem longe de nós, posso? Você pode tudo, somos da gangue das manchas contra a gangue do TOC, somos os eternamente jovens se beijando no carro, à sombra de walking deads no espelhinho retrovisor a se dissolver no mesmo minuto que saem de mãos dadas e tristes para ver o pôr do sol. Eu estou perdido, eu te amo, isso é trágico? Não, isso é um pleonasmo. Você que pensa, pleonasmo é você, como um bom filho da puta que é, conseguir comer minha bunda, achando que eu sou a apertadinha da Estrela e depois ainda dizer que isso sim é para sempre.

quarto da fazenda, 2016

segunda-feira, 11h40

Tudo é outra coisa neste mundo. Se em certa conversa eu tivesse dito as frases que só agora, no meio do sono elaboro... Ele tinha mania de fazer citações, de modo que tivesse ele mesmo sido acometido por tal pensamento, como quem escreve cartas de amor com excertos de outras poesias no meio, ele não conhecia o itálico, a sinceridade que há no itálico, as aspas não faziam parte de seus achaques de genialidade. Conheço muitos que não puderam, quando deviam, porque não quiseram quando podiam. O que pensa disso, bela atriz? Você pensa? Penso que está na hora do almoço. Rabelais me dá fome. Que bom! Pensar em te comer também me deu uma puta fome. Como deve ser doce sua buceta! Que foi? Cuidadoras não podem trepar com seus pacientes? Desliga essa televisão, eu quero transar com você, esse canal de música é um lixo e esse rockzinho está me incomodando. Os jovens sempre o incomodaram, juventude realmente incomoda quem não suporta envelhecer e mistura vermute com azeitonas gordas em *die-martinis*. Deixa eu exercer meu pequeno poder de calar a boca desses medíocres, eles não sabem o que estão fazendo, se movimentam demais, a vida não tem tanto movimento assim. Pronto, o silêncio. Vem aqui, eu quero transar com você. Eu teria gritado, mas ele trocou o canal para um filme raro do Godard, *Une femme coquette*, que eu nunca tinha visto. E o ex-fodão diretor de cinema ali deitado, de quem eu era a única herdeira, com quem eu dividia a cama como quem tenta fumar diariamente um cigarro furado, eu – uma balzaquiana, a palavra mais sonora pra designar uma mulher que está sem transar desde 1831 – eu que cheguei a amar absurdamente aquele homem, antes dele se tornar um dos diretores de cinema mais establishment-truque desse país, antes dele perceber que o mundo virou de ponta-cabeça, mas ele estava acima do céu e podia pisar em quem quer que fosse, deitei a cabeça no travesseiro mais caro do mundo onde o amor só cabe se for bordado em Richelieu, e apertei o foda-me, depois que se fode com o poder é difícil falar foda-se, primeiro por imaturidade, depois provavelmente pela não-maternidade, aí vem a maturidade, e por fim o medo. Com um gesto seco, sentei em seu colo. Não precisa ter medo, não vou te machucar. Você é mesmo aquela atriz da televisão? Sim. Você é linda. Tá. Não entendo, por que você vem todos os dias aqui? E rebolando sobre o que ele ainda tinha de grande e firme apesar da idade, não consegui elaborar nenhuma resposta, ali havia deixado de ser a minha fazenda, e o chão onde eu estava pisando já não era mais aquele irritante tapete pelo de camelo, aquele homem que começou a passar a mão no meu peito com a reverência de quem restaura quadros renascentistas era um absoluto estranho pra mim, eu só não posso dizer que eu não estava gostando, ele fazia aquilo, como se fosse a primeira e última vez que lhe era concedida aquela graça, movimentava suas mãos pelo meu corpo com a precisão de um médico legista, me lembrei de como gosto dos velhos, da consciência da finitude que há em seus olhares, já cheguei a achar o sexo com os jovens um marasmo, o mesmo que sinto quando alguém me convida pra correr uma maratona, uma largada atlética e ansiosa para o nada, e de repente ele começou a falar um poema no meu ouvido, onde só cabia "I'm so lonely in an awful straight", e pela primeira vez de novo, em anos, eu estava gostando de ser tocada pelo meu marido, que merda eu estava fazendo ali gostando de transar com meu marido, que prisão era aquela onde era proibido transar com o próprio marido, aquele frágil-desmemoriado estava me dando um tesão absurdo. Eu sou doente ou no fundo a piedade é afrodisíaca pra caralho, agora chega, estou louca. Acho que você não pode se excitar tanto assim, eu não quero te fazer mal. Que cara é essa? Você está bem?!

hotel em lisboa, 1998

Saí do quarto de Tonio mais antropofágica do que entrei, e como uma boa brasileira que sou pude ver pela janela, claramente, a Europa desmantelada em feudos, molhada de todas as águas que ainda vão tomar Veneza e os canais de Amsterdam. As primeiras casas a cair serão os palácios à beira-mar, que se um dia foram felizes para sempre, os que vêm não saberão, fotos molhadas não contam histórias, tudo foi plantado em chãos forrados de plástico bolha. Atlântida é aqui. Não estarei mais aqui, estarei em Marte, num apartamento com vista para um mar de gases rosas, ah sim, não estarei mais aqui, terei vendido minhas ações na alta, meus dólares na mala da Louis Vitton. Ainda haverá amor numa mãe waldorf, num cachorro de rua, num filme italiano ou numa gôndola vazia boiando num canal projetado por Leonardo da Vinci, as ninfeias sobreviverão, pois estarão viajando pela América Latina, já a Monalisa será raptada e estuprada por 33 crianças terroristas. Você demorou, Bella. Vamos, Ulisses, estou pronta. De repente, estávamos eu e Ulisses, ainda a salvo, indo a pé assistir Antonio Gael falar Clarice Lispector, que podíamos muito bem ler, mas queríamos ouvir, pelo simples prazer de ouvir um ator. Vislumbrei que caminhávamos pela rua em 2020. O mundo vivia uma realidade sem atores, onde atores se tornaram desnecessários, pois todos passaram a assistir a si mesmos em seus papéis preferidos, num computador onde era possível selecionar a opção atuar em filmes antigos ou inéditos no modo "Atores famosos". Luxúria, Narciso e Vaidade eram os nomes próprios de nossos hologramas. Amor era o mais caro. Prazer para muitos era acessível, pois o prazer era barato e com download imediato. Ninguém mais precisava sair de casa para ir ao cinema ou ter prazer, a humanidade tinha suas relações e assistia a filmes trancada em seus quartos, os corpos cobertos por eletrodos, detonadores de sensações calculadas para cada cena, onde todos eram atores do que estavam assistindo, onde absolutamente qualquer um podia ser o Batman ou a Mulher-Gato em cartaz. Nossos hologramas eram monetizados, e podíamos até ganhar dinheiro ao escolhermos estar à disposição no mercado de atores, para atuarmos virtualmente, quem sabe até em uma nouvelle vague com uma paixão da adolescência ou com qualquer um. Todos éramos *heroes*, e *Reals,* em inglês, era o nome do joguinho. Não havia mais a expressão não-atores, pois não existiam mais atores, atores tinham sido perseguidos pela sociedade, estavam desempregados, todos acusados de esquerdopatas, e diretores de cinema utilizavam os poucos que restavam como os desenhos animados usam bailarinos, para dar vida aos movimentos e emoções dos bonequinhos avatares de seus filmes inéditos. Quantos aos teatros, parece que eles tinham sido comprados pelas Igrejas, taxados pelos governos e pelos orgãos mantenedores do silêncio, mas alguns poucos resistiram como o último reduto da humanidade. E era para lá que caminhávamos.

quarto da fazenda, 2016

segunda-feira, 12h

Eu queria, no mínimo, esquecer aquela cena, mesmo não sendo muito, mas o máximo que ainda me permiti foi almoçar na sequência com aquela sensação. Perguntei ao meu estômago se eu o incomodava, baixinho, para não incomodar. Isso me é indiferente, hoje. A resposta me pareceu um ponto final na minha narrativa, se é que ele ouviu a minha pergunta. Se eu não te incomodo, que diferença faz continuar? Que foi, Bella? Que cara é essa? Sai de trás desse livro. Você está bem? Eu estava atrás do *Primeiro amor*, de Beckett, e aquelas frases é que me faziam responder. Estou bem, percebe? Sabe que seu gosto não é ruim, talvez um pouco doce demais, Bella. Doce demais. É. Me cansa. Me enjoa. Tenho certeza de que está cheio de mim, e não vejo que interesse você poderia ter de estar mentindo a respeito, evidentemente nunca se sabe. Bella, depois que eu como não quero mais pensar na comida, desculpa, às vezes não quero ter intimidade com os mistérios das minhas entranhas. Pergunto se é possível ele ilustrar melhor a sua percepção, com algum exemplo. E ele me diz, se é que eu ouvi direito, Descreve para mim o que você acabou de engolir agora, bastante satisfeita. Descreve para mim como está aí dentro do seu esôfago. Até então, eu estava enojada com a conversa, mas quando fui convencida a fazer um exercício de memória palatar, confesso que senti mais que preguiça. Não tenho nada contra engolir, quando estou esgolindo. Mas o cheiro que fica na boca do alho da berinjela, aquela sensação de que suas sementes vão se misturar com o sangue da carne, só me dão prazer durante a degustação. Se me surpreendo em processo de recordação, já me pego pensando, Como é mesmo que se escreve shoyu?, o que não faz muita diferença para quem quer se esquecer, como eu, de que o cheiro pode ter tomado proporções gasosas dentro de mim. Não vou falar nada do filet mignon com tomatinho, porque ainda está meio preso aqui no meu dente um fiapo do sabugo de milho. Vamos lá, senhor satisfeito-cheio, a minha parte está feita, se o senhor mal tem tempo de decantar o que pôs goela abaixo e já lhe causa asco, poupa-lo-ei de minhas impressões sobre o nosso banquete. Se a senhora mal pode falar do que come, como pode digerir o que fala? Não me venha com lições, não há nada mais ácido que conselhos gástricos de um enfermo. Ouvi um dinossauro e não foi uma resposta torta que eu estufei, costumo denominar de "dinossauro" todas as interjeições advindas do aparelho digestivo. Só depois descobri que isso se chama refluxo. E foi assim que seguiu o nosso almoço depois da trepada e do que fui obrigada a engolir. E enquanto meus dentes estavam em atividade, não os ouvia graças aos outros ruídos, mas assim que o silêncio encostava no meu ombro, ouvia-os de novo, cada vez mais fracos, certamente, "Mas que diferença faz que um grito seja fraco ou forte? O que é preciso é que ele pare". Beckett? Enquanto isso, segui, respondendo, doce e ocasionalmente. Você está bem? Estou ótima, percebe!? Eu terminei. Quer um café? Não. Quero que leia para mim. Fui até a estante. Peguei o primeiro livro que vi. *Ulisses*. Você está ficando velha. O que vai fazer quando sua bunda cair?

teatro chapitô, lisboa, 1998

"Preciso falar dessa nordestina senão sufoco. Ela me acusa e o meio de me defender é escrever sobre ela". As palavras de Clarice ecoavam de dentro do Chapitô se misturando à minha falha trágica. E o meu ator baiano, que não ficou a tempo de se tornar um amor, e nem apareceu com frequência suficiente para ser chamado de amante, atingia de frente Ulisses e seu quatrocentrismo como um meteoro à Avenida Paulista. Esse ator é magnífico. Não. Ele não é nada, forças da natureza não se permitem catalogar. Então Tonio, que nos vira entrar atrasados, se aproveitou das palavras de Clarice num daqueles acasos que só o teatro explica. *"Sou um homem que tem mais dinheiro que os que passam fome, o que faz de mim de algum modo desonesto. E só minto na hora exata da mentira. Mas quando escrevo não minto. Que mais? Sim, não tenho classe social, marginalizado que sou. A classe alta me tem como um monstro esquisito, a média com desconfiança de que eu possa desequilibrá-la, a classe baixa nunca vem a mim."* A linguagem daquela fala do ator nordestino filho de mãe faminta acordava em mim rimas toantes como se João Cabral de Melo Neto pudesse abrir a porta do meu quarto e dizer, Acorda pra hora. Ele não é magnífico, porque não é real, é augusto, é dos anjos, é pré-moderno, marcado pela paisagem dos homens que fugiram da seca, talvez um ex-comunista, como Jorge Amado, que dizia, não sou um desiludido do socialismo, o socialismo não

houve, houve apenas a falsificação dele, mas muito provavelmente queira ser lembrado apenas como um apaixonado torcedor do Bahia. Tonio é um nordestino ju-Gullar, não quer ser conhecido pelas massas, pois sabe que as coisas que permanecem são aquelas que não são lidas por milhões, tem a bandeira e a libertinagem de um pernambucano Manuel, que sem papas na língua poetisou ser a sua porquinha-da-índia sua primeira paixão da adolescência. Tonio não virará artigo de exportação, pois tem o des-talento de Suassuna para inglês, tampouco é do tempo em que se come depressa vendo televisão. Não chega a ser um caboclo Assaré que versava em redondilhas e dodecassílabos, mas tem uma visão de mundo tão nostálgica quanto de um bom cordel. Perto de Tonio, eu sou a Senhora de José de Alencar, uma mulher para se querer e se temer, mas para mim, que nasci na Pró-Matre e aprendi a andar no shopping Iguatemi, ele será sempre um profundo mistério. Por isso, vez ou outra, discorro sobre as nuances desse meu personagem, no afã de me convencer a desistir a tempo que ele não me leia. Tenho medo de ser tarde. A sala do Chapitô já ganhara aquela dimensão enigmática que ganham os trabalhos artísticos quando se iniciam. *Experimentei quase tudo, inclusive a paixão e o seu desespero. E agora só quereria ter o que eu tivesse sido e não fui*. Minhas asas de cera batiam ora para aquele homem Tonio Gael, para o monstro que ele era, ora pra Ulisses, o meu personal-director-stylist de sapatos italianos. O nordeste e o sudeste, impostos diametralmente, e a minha bússola fincada para cima da terra em transe de Tonio, com seus olhos de silêncio. Frívolo é o ócio de uma mulher que tem dois Brasis para amar. Mas hoje vim te ouvir. E o meu silêncio é a única coisa que eu posso te dar agora, porque é a única coisa que você quer de mim. Silêncio apenas, nem reticências, silêncio. Não me atrevo a transcrever nem um milésimo do lirismo lispectoriano de Macabéa à sua voz, então como diria a própria, *Quando você não souber o que comer faça um espaguete bem italiano.* Eu vou ficar aqui entre essa citação libertadora e o prelúdio do que virá depois. A leitura de *A hora da estrela* vai acabar e Ulisses vai convidar Tonio para atuar no seu próximo filme, cuja ideia ele está tendo agora. Eu vou escrever o roteiro. Só o começo do que nunca vai ser nossa história, possível apenas porque sou eu quem a está inventando, assim como a rubrica que vai dar o tom da sua voz, e a cor mulata da sua pele, tudo, eu vou te descrever um negro, por saber que de tão moreno só te falta o desafio de ser um puta negro, e eu sei o quanto você gostaria de ser revolucionariamente negro, e mesmo de longe, mesmo assim, você vai sentir mais que medo por eu te conhecer tanto, a tecer esse plágio da sua carne, você vai sentir o que eu sinto. Os romanos chamavam isso de *evocatio*, um ritual especial pelo qual durante um conflito, convidavam-se as entidades protetoras dos inimigos a deixá-los para se estabelecerem em Roma, onde eles lhes construiriam um templo mais luxuoso e lhes ofereceriam um culto ainda maior. Impossível algo mais sudeste e moderno da minha parte, uma invasora paulista prestes a entrar nua na sua praia para seduzir os seus deuses. E você, quanto mais desafiado, mais atraído há de encarar a invasão estrangeira que vem de baixo, do Sul Maravilha, essa parte tão estrangeira ao seu Brasil, com o intuito único de provar que não, óculos escuros, jantares e dinheiro não serão suficientes para reinventar o *evocatio* no seu Brasil. Não sinta quase raiva por eu te conhecer tanto, como a prata que escurece quando chega a chuva, seu amor se assusta toda vez em que me vê crua. Eu te *evocatio*. Prazer, Ulisses. Prazer, Tonio. Eles se cumprimentaram ao final da leitura, suas mãos se deram, assim como meu cheiro que estava em ambas.

quarto da fazenda, 2016

segunda-feira, 12h30

Acende um cigarro pra mim. Você não fuma. Tem certeza? Toma. Larga esse livro e fala mais. Eu tinha tão claro para mim que aquilo não fazia sentido, mas pensei no que o médico tinha me recomendado. Excite-o. Então continuei na fase oral onde havíamos parado.

teatro oficina, 2000

sexta-feira

Meu encontro seguinte com Tonio aconteceu dois anos depois de Lisboa. Meio-dia e meia, hora dos amantes, meu telefone toca, seco. Preciso te ver de novo. Mas já?, pensei que só te veria daqui a quatro anos. Passa aqui, estou na frente do teatro Oficina saindo de um ensaio, de branco. Te trouxe um livro de Lisboa, Florbela Espanca, esse Dostoiévski te trouxe do Japão, essas obras completas de Shakespeare são lá de casa, esses são poemas de um amigo. Ele mal olhou, ansioso, se protegendo de todos os olhares sem pudores do Bexiga. Estou pensando em me candidatar a vereador, o que você acha? Você não me ligou para isso, não é? Vamos logo, diz ele num desassossego atroz, você me dá uma carona? Sim, claro, mais um minuto aqui seremos assunto. Bella Butler leva Tonio Gael para o mau caminho, para onde mesmo? Vamos indo, que eu te digo, estou com um pouco de pressa. Entramos no meu carro blindado cheirando a maconha. Quer acender um? Está tudo bem? Ele colocou a mão em minha perna de bailarina. Eu só queria sair de lá. Onde você quer ir? Pausa.

quarto da fazenda, 2016

segunda-feira, 12h32

Eu teria continuado, mas o quarto da fazenda inteiro gritou junto com Ulisses, que me ouvia com a concentração de um ginasta olímpico que esqueceu o que foi fazer lá no meio da trave. Para, quem é você? Sou sua enfermeira, esqueceu? A Rapunzel. O que você está fazendo? Estou te contando o dia em que fugi da torre num cavalo à prova de balas. Porque você está me contando isso? Porque o médico pediu para eu te contar histórias da literatura infantil. Eu só estou te contando porque um dia essas coisas serão cada vez menos ditas ou escritas – literatura será uma fita K7 – e as histórias serão apenas vistas em telas, as princesas, as crianças, os unicórnios, todos estarão presos em seus castelos com os olhos vidrados, e se tudo der mais ou menos certo, aos olhos do futuro, todos estaremos sendo rastreadas em nossos pensamentos mais cruéis por ondas magnéticas saídas de um desenho da Caverna do Dragão. Pais saberão num relatório virtual o que pensaram os seus bebês chipados, desde o nascimento, e *les-enfants-terribles* nunca mais poderão experimentar o fingir inocente, porque será impossível escapar do detector de mentiras, que por muito tempo não saberá apartar o ato de mentir daquele de inventar. Criar livremente será uma ousadia dos meninos do fundão, a pitada de crueldade que há em todo senso de humor será policiada como droga em porta de escola e a censura à liberdade das crianças de experimentarem inventar e des-inventar o mal será o maior erro da humanidade. O detector de mentiras funcionará perfeitamente e será usado por todos aqueles que puderem pagar, mas espantosamente inoperante frente a anúncios publicitários. Os mais conservadores continuarão casando-se na Igreja, onde padres perguntarão, Aceitam estar submetidos ao santo detector de mentiras?, e eles dirão, Sim. Por outro lado, muitos jovens passarão a casar-se em três ou quatro, até meia-dúzia de cinco ou seis, ai que delícia o poli-amor, o sexo tântrico, mas não, o mais perfeito deboche do conceito de propriedade, distribuição de renda e tema das *hot parades* nas ruas será a mais triste revolução contra o capital de todos os tempos. E quanto aos pobres amantes, ah os amantes, trair será praticamente uma performance digna dos mais exibidos artistas de esquerda, e aquele sentimento de prazer e culpa digno de um bom coito proibido será estudado em manuscritos antigos, como a saudade é, por muitos povos que não conhecem essa palavra, tão medieval quanto o ato de não passar o sal de mão em mão na mesa, ou de brindar com copos de metal para que o veneno, caso houver, se misture em todos eles. Os amantes serão ainda mais monstruosos do que já são, do que dragões, rendidos ao fogo dos desejos mais espúrios, serão os alquimistas queimados na praça pela opinião pública, detentora da pureza, que será suprema, evangélica, verde e amarela, infinitamente mais poderosa que uma Rainha de Copas, a cortar nossas cabeças no primeiro sinal de desejo proibido. O conceito de relação, traição e final feliz será outro, estará lá em letras minúsculas, na cláusula do uso do aplicativo ghost-buster de mentiras, para quem ainda souber ler. Como assim? Eu não estou conseguindo te acompanhar. Ah, desculpa, você prefere saber sobre a Bella-Rapunzel, não é? Ela pegou o príncipe-ator-fetiche na porta do Teatro Oficina e o levou até a torre no Jardim Europa, que era a sua casa, a casa da Bruxa, que na verdade era um Bruxo, que não estava lá para perguntar, que merda esse príncipe-fetiche faz da vida, além de te levar em algum lugar para te comer. Lá, a Rapunzel intimou o príncipe, E aí, vai encarar o papel de cafajeste da história e se agarrar nos meus cabelos para trepar nessa torre, ou vai querer ser o mocinho até o final? Ela sabe que ele não confia mais nela para apostar num *happy end* possível, ele preferia, com razão, estar se candidatando a vereador, ou plantando árvores ou ensinando teatro para crianças em alguma ONG do Bexiga, mas ela o convenceu que, às vezes, é preciso dar vazão ao desejo, ali mesmo. E no estacionamento, no pátio principal da torre onde vivia com seu Bruxo, sobre um colchão velho que estava num canto, ao lado das quatro carruagens estacionadas, ela mesma desligou todas as câmeras da torre de babel, e mandou, sob a sua ordem de princesa da Disney mimada, seus cinco lacaios saírem de folga, e lá a Rapunzel beijou o seu príncipe Antonio Gael, e tal qual crianças que nunca haviam se beijado, como duas crianças absurdamente virgens, ela sentou em seu colo e deixou-o colocar a língua dele dentro dela. Eles se morderam, porque crianças fazendo uma coisa errada se mordem, porque eles fariam aquilo sempre que desse, mas só tinham aquele dia, que talvez fosse o último, e já teriam ido felizes se soubessem como era bom, mas era mau, porque era proibido e sempre seria, e assim foi naquele dia, mas como nunca. Tiraram suas roupas e entraram na água da piscina lamacenta, que estava suja de azul, como um quadro pintado por um impressionista e esquecido no canto de uma igreja, onde há séculos era meio-dia e meia, mas era como se a madrugada tivesse acordado puta por não ter sido convidada. O sexo do príncipe era a noite saindo de suas vestes pela primeira vez à luz do sol, e estava bonito, Rapunzel sempre achara os sexos dos meninos mais esquisitos que bonitos, não que eles não fossem, eles sempre são, mas a beleza daquele para ela era ele ser torto, fazia cócegas nas bordinhas, ela escreveria se tivesse coragem. E se o Bruxo chegar?, o príncipe perguntou. Ele está ocupado caçando trufas, fica tranquilo. Olha para mim. Qualquer uma, mas só ela mesmo naquele dia, pôde ver que seu tronco de esgrimista não muito largo, e suas pernas meio curtas só podiam ser de um bom menino no corpo de um sátiro, ele não tinha o dom de ser um usurpador de seu tomatinho, era bom demais para estar naquele papel de amante dela, então Rapunzel riu de seu sexo que ficava maior com o passar dos dedos, e ainda não estava pronto para fazer algo ilícito. Quando ela tirou seu vestido de vestal, reparou que ele olhou como se fosse a última vez, e sempre era, para os seus peitos de espanhola. Nessas horas, os meninos veem coisas únicas, que são únicas por um instante, porque não é todo dia que a noite vem antes da hora, porque não é todo instante que acontecem coisas únicas. Rapunzel tomada não se conteve, começou a morder o braço do principezinho, seu peito, sua bochecha, sem usar o dente para não machucar, mordeu mesmo, ele só ria, é que ele sentia cócegas porque dizia que sua mordida parecia beijo e beijo, todo mundo sabe, ainda faz cócegas por muito tempo, antes de ser bom, como todo mundo sabe, menos ela e o seu amantezinho ainda. Ela era mais forte do que ele e prendeu suas bochechas com as suas coxas de bailarina clássica, e quando viu estava com a cara do seu quebra-nozes no meio da perna, onde mora um bigode cabeludo que cabe lindo lá.

Ela gostou e deu risada, porque seus poucos pelos pubianos pareciam um bigode na boca do príncipe-bobinho, e ali, no meio daquela água toda que emergia, naquele instante, ela viu o que seu amigo via e ouviu pela primeira vez o vento assobiando um gemido em forma de história, e desejou sempre fazer coisas proibidas, sem precisar sair da torre. Gostou, Ulisses? Essa é a história da Rapunzel. Amanhã te conto o Peter Pan. E foi assim que contei pra Ulisses sobre o dia em que Tonio me comeu em nossa piscina, para só depois ele me contar que aceitara o convite de Ulisses para fazer seu próximo filme, como ator e que, por isso, preferia não me ver mais. Filho da puta.

A perda de memória imediata de Ulisses era testemunha subliminar de que sua mulher levou seu amante para dentro de sua casa, para fazer aquilo que ainda há de ser cremado com o tempo por um detector de mentiras. Mas os amantes merecem mesmo essa fogueira. Eles só se safam enquanto virgens, atores-mirins ou amadores à mercê da sorte dos principiantes, que assim que tomam consciência da intensidade da luz desse palco, não aguentam, se consomem imediatamente. Ulisses? Ulisses, abre o olho. Ulisses, me responde. Odeio dramalhões. Não vou gritar. Ulisses. Abre o olho. O que eu faço? Tonio. Tonio, atende. Eu preciso falar com você. Matei alguém. Atende. Eu prometi que não ia te procurar desse jeito, mas as coisas fugiram do controle, sempre soubemos que um dia elas fugiriam, onde você foi se esconder?, atende, por favor. Tonio! Você está me ouvindo? Alô, mais ou menos, quem é? Ulisses está morto. O quê!? Não desliga, Tonio. Eu não via e nem falava com Tonio há onze anos, desde quando rodamos o filme de Ulisses juntos. Sabia que ele estava morando em Los Angeles, gravando séries e filmes internacionais. Calma, não estou conseguindo te ouvir. Esse telefone é do Tonio? Acho que não. Não desliga, menino. Sempre o chamei assim, de menino. Sou eu, menino. Quem?, desculpa, está muito longe. Sou eu, a Wendy. Mas fica tranquilo, dessa vez, não vou chamar os meus irmãos, pois seria me cagar demais. Você está me ouvindo, que merda de zumbido é esse? Desligou. Ele fugiu. Preciso te dizer que eu estou aqui, sempre estive, pela primeira vez, sem ter nada a perder, sem rodeios, como a Inglaterra sem forças, uma ilha inteira aos pedaços, só, eu estou só, tão só, mas tão fora de mim, que prefiro não me misturar, para não me perder ainda mais, *já morremos e renascemos tantas vezes mais fortes nessa vida que morrer mais uma vez será apenas mais uma grande aventura*, é, Peter Pan, sim, seu egoistinha de merda, eu vou chorar, não, países saindo da União Europeia e mulheres não podem mais dizer mais essa frase infame com lágrimas nos olhos. Peter Pan, lê Peter Pan pra mim. Ulisses! Lê Peter Pan pra mim. O que está acontecendo, Bella? Que merda é essa, Ulisses, você não morreu? Que bom. Isso só pode ser uma bomba-relógio. Lê Peter Pan pra mim. Talvez seja só uma bomba-relógio mesmo. Conta uma história pra mim. Uma de menino. Quer histórias de menino? Caralho, eu não sei contar histórias de menino, só sei contar histórias de sexo com meninos, desculpa, talvez, eu seja apenas uma ninfomaníaca, que só pensa nisso, talvez eu goste de ser assediada, talvez eu esteja colocando todo o meu feminismo a perder com essa frase, não, eu não disse isso, juro, não seria tão ingênua, pois como poderia ser ingênua, depois de ter sido séculos e séculos, atacada, e só ter prazer, senão sendo assediada? Me conta uma história de menino. Posso te ler o Manifesto da

Revolução Sexual da Semana Pós-moderna de 16, quer? Porém, não posso fazer isso sozinha. Eu preciso de alguém para escrever isso comigo, antes que um publici-otário faça isso por nós. Preciso de alguém, mas cadê essa pessoa? Como queria que fosse só isso, seria mais fácil, matar vocês homens, seria mais fácil não querer dominar todos vocês, mas, parece que todos tivemos a mesma ideia, temos armas e câmeras demais apontadas para nós. Finjo resolver tudo na racionalidade, mas quando fecho os olhos, me vêm vocês, que merda. Acredite, sou apenas uma menina perdida, nem posso falar que sou uma menina, não vai pegar bem, sou apenas uma mulher que crê que mortos podem controlar os ventos e visitar os aniversários dos filhos pequenos através de um pôr do sol, ou sou um espectro cuidando de outro espectro, arrumando suas malas sem pressa, afinal na mala da morte só cabe uma passagem sem volta para Terra do Nunca. Será que está gravando? Ninguém precisa saber. Ninguém pode saber, porque nem sempre sou dada a verdades, mas o mundo está desmoronando, e não sei se vai dar para continuar brincando de costurar sombras no meu pseudoamante, a cada dez anos. Gozar já está proibido, depois da uma da madrugada, faz tempo. Não sei dos rumos que isso vai tomar dentro de mim, mas sinto que está na hora de te contar. Sonho com os mortos, eles tomam conta de mim e trocamos favores. Eles são lindos e dançam tão bem. Até eles sentem tesão por mim. Você está me ouvindo? Que porra você está falando, Bella? Estamos em Londres, meu amor. Pretendo continuar aqui, lá fora não está seguro, cuida de mim. Estou cuidando da saúde do Rei, mas já não estamos mais em Buckingham. Não sem dor, mas é assim que concebo ser o melhor, por enquanto. Você, nosso encontro de espectros, nossa sintonia vitoriana, nossa delicadeza, todas as vezes que tirei seu dedo da boca, e limpei a bunda do Rei, vícios que fazem parte de mim, inconscientemente, profundamente, há muito tempo. O feminismo que me salve, por que é tão difícil abandonar essa merda do dia para noite? Por isso, preciso te contar a verdade. Receba, como quem recebe a visita da fada do pozinho. Não precisa falar nada. Mentira. Não se sinta obrigado a entender. Mentira. Eu sei que, muito provavelmente, você não anda só, e eu não consigo abandonar o Rei. Eu ainda não consigo. Eu vou entender, se você me desprezar por isso, só não faça isso, nunca, há apenas uma irresponsável por isso, por essa minha decisão, a minha vaidade, a qual estou confiando a uma força infinitamente mais sábia, pois não consigo controlá-la. O tempo, que não cansa de passar devagar, vai saber o que fazer com ela. Ah, sim, antes de tudo, nunca deixe de acreditar em sete coisas impossíveis, antes do café da manhã. O que é isso que você está me falando, Bella? Peter Pan? Para, Bella. Me dá isso aqui. E arrancou da minha mão o meu caderninho com a Marguerite Duras na capa. Eu pedi para você me ler alguma coisa, não essa coisa horrível. Não rasga, eu preciso decorar. Isso não me interessa, não quero ouvir isso, você era bem mais instigante no começo. Somos todos mais instigantes no começo. Acreditar em coisas impossíveis, por favor, rasga isso. Se acalma, Ulisses. Não, você não entende nada, você não serve, eu quero outra enfermeira, mais inteligente, outra sem essa incontinência lacrimal, vai embora. Eu vou, Ulisses, amanhã eu não estarei mais aqui. Silêncio. Vou para o Rio de Janeiro, é lançamento do meu filme, do nosso filme. Silêncio. Filme de quem? Silêncio. Você não vai a lugar algum.

adega da fazenda, 2016

segunda-feira, 12h50

Saí do quarto e fui direto para a adega, abri sem pestanejar um Domaine de la Romanée-Conti Montrachet. Beber sozinha já carrega algo em si de perigoso, matar esse vinho a sós era o maior delito que estava ao meu alcance, e tudo o que eu precisava naquele momento era matar ou morrer. Eu poderia dizer tudo para aquele fiapo de homem deitado naquela cama. Você e eu, dois anos atrás, produzimos e realizamos um filme. Sim. Você é um dos maiores diretores de cinema desse país, meu Arthur Miller, meu Josef Von Sternberg. Sim. Eu trabalho com você, ou melhor, para você. Gênios não têm parceiros. Não posso me esquecer disso. Até poderia te contar o quanto você deixou o dinheiro ter a rédea deliberada da sua arte, e que eu estou do seu lado, até hoje, vinte e um anos depois, porque eu sou uma cobra tão ardilosa quanto você, e assim como você puxei muito o saco dessa aristocracia de homens e mulheres em seus tons de bege, passeei muito com bolsas de marca em lojas de cozinha que nunca iria habitar, balancei meu rabo preso em conversas ao telefone sem fio da meada, perdi peso ganho com comida transgênica sempre longe de nosso feto que não vingou pra assistir propagandas de churrascaria kids. Mas não. Só o álcool de um vinho de 25 mil dólares me encorajaria a pensar em outra coisa que não te contar a verdade, a real situação da sua perda da memória, do seu estado inútil naquela cama. O cheiro do vinho era uma entidade, enchi a primeira taça de cristal que encontrei, e traguei o primeiro gole daquilo que é definido como o indefinível. Como explicar, eu mesma não conseguia entender o que tinha acontecido comigo. O que aconteceu? Foi tão rápido que não me dei conta. Eu estava com 45 anos, e passei os últimos 21 sem ter pendurado um quadro na parede, você precisa de um mínimo de estabilidade interior para pregar uma figurinha num álbum. Deus mora nos detalhes, uma hora as gavetas arrumadas não suportam o desprezo e começam a transbordar, mas eu estava numa situação confortável demais, sempre tinha alguém para limpar o rastro de merda que eu ia deixando, há muito tempo eu havia deixado para trás a minha coerência, o interesse real em algum problema que não fosse o meu, o discurso de quando vivia de teatro. Mesmo assim havia me tornado uma figura emblemática como atriz, sem fazer o mínimo esforço, eu era um hino à elegância e à classe, conceitos ridículos de definir, assim como um Domaine de la Romanée-Conti Montrachet. Eu que nunca tive mãos que soubessem fazer uma cadeira, uma cama, ou abrir um peito para curar o coração de alguém, eu que sempre achei uma pretensão sem tamanho dizer que sou atriz. É como dizer, Meu corpo esculpe o espaço, eu sei olhar o mundo e recriar o mundo, ou melhor, consigo criar mundos. É pretensão demais, mas eu sempre fui pretensiosa mesmo. Para que um copo? Vou te beber no gargalo, seu Romannée-Conti, porque desde pequena consigo escutar os pensamentos que estão por trás das intenções até do que não existe. Se não fosse atriz, seria cartomante, minhas amigas antigas sabem do que eu estou falando, sou capaz de me vestir com peles que ninguém quer, de me dispor para olhos vorazes como uma amante insaciável, mas faço a vida como posso, não é por pretensão, é por apego ao privilégio mesmo. Não sei fazer a vida de outro jeito, não sei ficar longe do cheiro desse lugar, do alto, nunca apreciei esmolas, preciso de flores de verdade todas as noites, meu corpo inteiro mergulhado em nenúfares de Monet, antes esse vinho fosse falso, ordinário, poderia ser a projeção do meu simulacro. Mas não, a verdade desse quadro de Degas na minha frente é um acinte à minha falta de humildade. Seria tão mais fácil enjoar de tudo a minha volta, mas não é, não há como enjoar nem da ponta de uma sapatilha de Degas. No meu perímetro há originalidade demais, eu sou a fraude mais pura desse círculo genialmente obtuso. Botão. Alguém aperte o meu timo. Preciso chorar. Mas não consigo. Convivemos muito mal com essa estranha sensação de que podemos tudo.

quarto da fazenda, 2016

segunda-feira, 13h

Já voltou? Seus olhos estão verdes, você é tão gostosa que sozinha num quarto seria amante de si mesma. Nelson Rodrigues, balbuciei, olhando-o com compaixão. Não me venha com a sua caridade, eu dispenso. Posso continuar se você quiser. Me deitei do seu lado. Coloca a mão dentro de minha calça. Isso. Segue. Eu estava bêbada. Ulisses, preciso pegar o carro e dirigir duas horas até São Paulo e depois pegar um voo até o Rio de Janeiro. Você não sai daqui sem me dizer aonde vai. Você sabe aonde vou, não sabe? Não quero saber, o que pode ser mais urgente do que cuidar de mim agora? É a pré-estreia do filme. Que filme? Em segundos, eu tentava elaborar a explicação de algo que ele deveria saber muito mais do que eu, simplesmente porque havia saído de seu calabouço, mas tenho que admitir, algumas mulheres e sinopses são mais que rivais, são arqui-inimigas de HQ, e os caminhos ficam cada vez mais estreitos para quem está numa encruzilhada, era mais fácil ele me pedir que o chupasse do que ser sintética naquele momento. Se você quer saber do que se trata o filme, vou te contar. No fundo, eu temia que fazê-lo relembrar a história do filme, espantasse aquela revoada de pássaros negros que encobria sua memória, eu queria tanto fugir para o lançamento do filme sozinha, antes que ele se livrasse daquele Black Bird, mas eu tergiversava para não dizer o óbvio. Você não vai entender mesmo, meu amor. Eu não gosto quando você fala assim. Tem mais verdade no teu ódio que no teu afeto. Você pode ir para o seu showzinho no Rio. Estreia. Seja o que for. Mas antes eu quero saber mais sobre esse filme. Não dá tempo. E quem se interessa? Fala que você me ama. Não entendo por que isso, Ulisses. Sinto crenças que não tenho. Ele chutou o livro de Fernando Pessoa que estava no pé da cama, tentou se sentar, e colocou a mão como um diretor de cinema faz para fechar um quadro. Você não é uma atriz? Sinta crenças que não tem. Apenas diga. Te amo. Te amo. Não. Diga. Te amo. Te amo. Então é essa sua cara dizendo, eu te amo? Curioso, como um eu te amo pode vir carregado de culpa. Te amo. De cobranças. Eu te amo. De desespero. Te amo. Até de amor. Pode ir, Bella. Vai. Eu estarei aqui te esperando.

E na estrada, me equilibrando entre os pedais do carro, meu salto e as notícias que abalavam o país em 2016, e como faço há vinte e um anos, só que agora mais que nunca, vou cega atrás de uma utopia. O destino é sempre o grande culpado de tudo. E assim seria, se não fôssemos nós tão responsáveis por ele. Há dezoito anos em Lisboa, ouvi de Ulissses, Esse Antonio Gael é o melhor ator para fazer o personagem do professor no meu próximo filme. Não, o roteiro pede um ator viril. Confia em mim, pode chamar. E foi assim que se dariam os nossos encontros seguintes. E foi assim que eu manipulei nossos caminhos e ajudei a forjar as palavras daqueles que seriam nossos diálogos. Depois da última vez, as nossas únicas falas possíveis só poderiam ser de um roteiro. Seria destino, se eu acreditasse em destino. Sempre duvido daquilo que está escrito. Acredito naquilo que não vem em linha reta por cima da pele, da palma da mão só acredito no aperto, algo entre a tessitura das lágrimas e do gozo, os tais acasos que se processam como um riso de uma criança, misteriosamente harmônicos em pleno movimento desordenado, potência não é nada sem controle, para mim isso é anúncio de pneu. Aprecio sem moderação o descontrole, o acaso do caos que deu e dá início a toda a vida, rasgos em nossas resistentes tampas, peles, poros e mucosas, tampas. Pandora tupperwares. O que sai às vezes é horrível. Chinelos com meia branca teriam vergonha do cheiro forte de nossas batidas e surradas caixinhas míticas, mas às vezes o que sai é divino. Dificilmente descobrimos, pois rejeitamos obviamente por muito tempo o que é nosso, a paralisia há muito já foi muito fundo, mas certos encontros nos dilaceram sem dó como a dor do parto, mistérios brutalmente nus são revelados por debaixo de nossa carne, penumbras desprovidas de disfarce e prontas para se fundir com outras tão luminosas e peladas quanto. E é aí que certos segredos se fazem, nesses átimos de segundos, onde não temos escolha senão entrelaçar com outras as nossas faíscas de mistérios desencapados, uns aceitam, outros preferem se proteger imediatamente. É onde habita o livre-arbítrio, deixar expostas ao sol nossas fragilidades a trepar em outras ou cobri-las, com um esparadrapo de autocomplacência. Uma coisa é certa, a carne sempre se cobre novamente, se refaz, a despeito da nossa vontade, assim como os mistérios se escondem, se preferir chamar assim. Mas aí já é tarde, já tomamos aquele porre, já estamos marcados com o sangue ilícito do outro, ali debaixo da nossa aparente dignidade, cicatrizes heroicas, semideusas prontas a nos lembrar o que é a morte e que ela pode vir assim, ao se engasgar com um pedaço de queijo, como quem engasga com segredos, sempre mais propensos a nos levar para o silêncio, de onde viemos. Mesmo para quem não acredita em destino. E assim é. A despeito do botox que há muito já foi muito fundo.

primeira leitura do roteiro de *Nordestern Pop*, o filme, 2002

Bella Butler. Antonio Gael. Prazer. O prazer é todo meu. A assistente de produção, histérica, Vocês já se conhecem!? Não. Nos abraçamos, discretamente, por falta de opção, a discrição é a falta de opção mais erótica que existe, nós dois de óculos escuros. Que coincidência! Não uso óculos escuros, mas a minha fobia à realidade usa muito. Logo mais alguém ali atiraria os primeiros óculos na mesa, enquanto isso não acontecia, eu tentava inutilmente me divertir com a *mis-en-scéne*, em torno da aura de mistério contida na presença de Tonio. É engraçado como as pessoas o levam a sério, tratam-no como um herói nada disposto a fazer as pazes com qualquer instituição, o ator perfeito para encarar aquele *Nordestern Pop* regado a molho de tomate na ponta do facão. Eu era a atriz tiro certo, a Bella-isca-da-mídia-capa-da-revista garantia de todas as declarações espontâneas da imprensa. Água, café?! Café. Com gelo. Quer dizer, puro. Precisava tomar um uísque, mas tomei a frente, com a petulância que me era peculiar. Não vejo a hora de começar. Tonio havia saído para fumar um cigarro, ele fuma um cigarro por dia, assim como eu, tem a frieza de controlar seus vícios, assim como eu, tal qual degustadores profissionais, que sabem que não precisam engolir o vinho para conhecer seu sabor, molham a boca do que tem de melhor e cospem, até se depararem um com o outro e com uma taça filha da puta de Romannée-Conti. Ulisses apareceu à porta. Pôs a mão nos óculos. Eu também, como quem segura um gatilho. Atiramos ao mesmo tempo. Pronto, estou aqui. "Ulisses, il capo", com seu melhor terno. Alvoroço na sala. Definitivamente, ele era esperado, sentaram-no do meu lado, no lugar que seria do outro, que entrou na sequência, sorrateiro como um vento de fissura. Surpresa, Bella? Não sabia que você viria tão elegante. Você nunca se interessa por essa parte. Algumas utopias ainda me interessam. Todos já tínhamos lido o roteiro, mas era a primeira vez que o leríamos juntos com o diretor e toda a equipe principal. O diretor Ulisses, mais agressivo que propriamente talentoso, mais um caixeiro viajante que um contador de histórias, rouba a palavra. Nessa história, todos estão no limite de trair. Trair algo ou alguém. Isso basicamente é o que mais me interessa. Bella, você vai ser Bella, a mulher de Lázaro, muito mais jovem que ele, uma mulher misteriosa, e aquela que seduz o professor, Tonio. Tonio Gael lê Tonio, o professor de história. Lázaro, nosso querido ator convidado, é o suposto militante de esquerda desaparecido em 71, que usa o nome de José. Vamos usar os nomes verdadeiros de vocês, quero experimentar. Hoje, faremos uma leitura, e esperamos começar os ensaios em breve. Merda para nós. Merda! Merda, de fato, pois demoraríamos três anos para conseguir nos reunir para o primeiro ensaio, naquela mesma sala, em 2005. O tempo, no cinema, é uma pérola debochando da concha, não é à toa que o cinema é chamado de *a arte da espera*.

carro, 2016
tarde

A caminho do Rio de Janeiro, pensei, Que merda estamos fazendo em 2016? Tonio e Ulisses emendaram milhares de trabalhos nesses últimos anos. O país viveu avanços sociais gigantecos, a mesma corrupção arraigada há quinhentos anos, e a destruição de um projeto de país pela classe política, mancomunada com o empresariado, todos manipulados pela mídia, da qual eu fazia parte. É como se eu fosse uma princesa no Palácio de Versailles, em 1789, com a certeza de que os brioches estavam podres, mas os comia assim mesmo. Eu me sentia uma alienada, uma sonhadora, abandonada num banco com vista para os jardins de Monet em Giverny. De tempos em tempos, Ulisses voltava a trabalhar no roteiro, sem pressa, o assunto "filme" se tornara um câncer do qual não se podia falar, eu me mantinha sentada naquele banco com estrelas em torno de meu nome, convicta de que olhares curiosos iriam mais cedo ou mais tarde aparecer para aquela moça solitária sentada num banco de praça. Tonio despontava como o maior ator da sua geração, me testando, sempre, à distância. Nesses átimos de solidão, fui visitada por tantos autores que tive vontade de montar, mas a televisão não deixou. Depois do sucesso de Senhorita Julia, Nina da *Gaivota* e de Ruth de Pinter, não me permiti envelhecer. Eu tinha medo de não conseguir. Afinal, Strindberg chegou precocemente quando eu não tinha nem 25 e Pinter veio, devidamente, ao que matei meus pais aos 28. Quando Buchner me apareceu falando de política aos 30, ou 31, ou 32, preferi não ouvir, então passei noites em claro bebendo com o jovem Kerouac, tanto, mas tanto, que não me afligiu o sadismo maldito de um certo nobre marquês aos 33, aos 34, quase enlouqueci tentando me atirar no abismo intransponível de Jean Genet, mas difícil mesmo foi tentar ser a princesa inefável de Shakespeare aos 35 anos. Aos 40 não estava pronta para abrir a mão da beleza esperando Beckett, e fui um fracasso. Não abri o vidro do carro pra Brecht, nunca, e demorei 41 anos para tomar um ácido com pano de boca de Fauzi Arap. Não faz muito deixei de acreditar em Deus, mas ironicamente, nunca perdi a fé graças a Nelson Rodrigues. É preciso ser muito louca para ter fé, como diria meu Nelson, com todas as aspas, "Ah, a fé que escondemos, a fé que negamos, rebentaria todas as comportas e 60 milhões de brasileiros iam acabar no hospício". Quase morri uma vez. Suicídio. Mas, todas essas paixões me fizeram boca a boca, ninguém soube disso, a loucura e o suicídio de atores não devem ser divulgados, eles perturbam demais a sociedade. A sociedade sem heróis se perturba demais em ver seus parcos ou falsos heróis perderem a fé assim.

ensaio para *Nordestern Pop*, o filme, 2005

Naquela tarde de 2005, três anos após a primeira leitura do roteiro e sem ver Tonio, eu tinha 32 anos, e perfeita consciência que aquilo era o ensaio inaugural de nossa realidade possível. Estávamos nos preparando, então, há uma hora, com alguns exercícios de respiração e aquecimento dos órgãos, cada qual numa sala. Respirar e aquecer os órgãos para os atores é como saber usar as mãos para um cirurgião, só a experiência garante que não haverá uma morte súbita. Era chegada a hora de nos olharmos, sem nos olharmos. Praticamente, não nos cumprimentamos, porque sabíamos a suspensão da descrença que viria pela frente.

Cena 44. Interna. Casa de Bella e de José, o ex-guerrilheiro desaparecido. O preparador de atores era um argentino objetivo. José não está em casa. É noite na cidade de Monte Santo. Vamos direto para partitura da ação. Bella abre a porta de sua casa rústica. O Professor Tonio entra, encosta-a na parede e abaixa sua calcinha de algodão. Tecnicamente é isso. Era o que o preparador pedia. Tecnicamente. Podem improvisar o que acontece a partir da chegada dele na casa dela. Nenhuma palavra entre o encontro e a ação. Podemos? Olhamos um nos olhos do outro. Três anos que não nos víamos. Ele sorriu. Eu não. Bella do filme não sorria. Prontos. Vamos filmar o ensaio. Ação. Ele entrou sem bater.

Colocou a mão na alça do meu vestido e o abaixou. Bella não usava sutiã. O Professor Tonio pegou na parte de baixo do meu peito e começou me beijando ali. Meus olhos marejaram, mas não podiam chorar. Bella não choraria. A direção esperava que Bella fosse uma mulher frágil, mas a fragilidade é a coisa mais difícil de se fingir e de se esconder. Olhei nos olhos dele, segundo o roteiro o professor estava com medo, mas excitado, como aquele homem que tem muitos segredos para contar, porém se reprime, e quando resolve contar, conta todos de uma vez. O professor Tonio finalmente invadiria uma propriedade privada. Senti que ele estava tecnicamente de pau duro. Bella devia tremer, mas eu estava frágil demais, então o chão tremeu por mim. Mão na minha calcinha. Abaixa rápido. Corta.

Eu preciso te ver mais tarde, eu disse, para conversar sobre o filme, vamos jantar juntos. Melhor não, Bella. O nosso encontro no carro foi um erro. Eu estou apaixonado por uma poetisa de 20 e poucos anos. E começou a me contar sobre a menina, uma jovem escritora prodígio, habitué de saraus literários. Meu tom de voz fingiu não se abalar, até que sem querer ele me chamou pelo apelido dela, que por coincidência era o mesmo que o meu. A gente não precisa transar. A gente não precisa. Mas que é um desperdício é. O silêncio estava incômodo nesse dia. Para onde estamos indo? A gente nunca sabe, mas eu sabia. Estamos perto daquele lugar que fomos uma vez, mas a gente pode ficar só assim. É, assim está bom. Assim está muito bom. Assim já começa a ficar bom demais. Ainda dá tempo de escapar. Não sei se eu quero escapar. Com você nunca tenho certeza de nada.

Paramos o carro no mesmo beco de sempre, dessa vez sem grandes aventuras, num relance vi através do espelho retrovisor embaçado que eu estava ficando velha demais para me passar pela *belle de jour* daquela tarde. Me veio de repente a imagem daquele peixe que nada contra a corrente para poder desovar, e iniciei meu suicídio ali, me joguei nele como quem nada um rio desesperadamente no sentido errado, e só ali, no meio, senti medo de estar carregando um copo quebrado, certa de que copos quebrados não deviam andar por aí ao alcance de pulsos fracos. Aquilo não foi um sexo, foi um encontro dos funcionários do departamento de RH na praia, intimamente desconcertante, esqueci que uma mulher nunca deve se tornar amante de um homem com quem ela tem a pretensão de ficar junto um dia. Que merda. Era tarde demais. Eu pressenti que demoraríamos muitos anos para nos ter novamente. E assim foi.

rio de janeiro, 2016

21h

Rio de Janeiro. Lançamento do filme, onze anos depois de ter sido filmado. Olimpo. Divindades. Semideuses. Extraordinários. Ridículos. Se todos aqueles flashes de câmeras fotográficas apontados para nós pudessem disparar palavras, as palavras seriam essas. Todos se deliciando com luzinhas, como moradores de coberturas próximas do morro se encantam com a luz das balas perdidas no céu. Um assessor pede, Com licença, os atores precisam ir para a sala de projeção. Todos os heróis com seus assessores se dispersam, o homem que suporta exemplarmente um destino incomum hoje nem pede licença, tem quem peça. Posso tirar uma foto com você? Eu driblara o meu assessor, não atendi o telefone nas últimas 72 horas, muito menos avisara sobre a debilidade de Ulisses.

Bella, olhe aqui, uma foto! Bella. Bella. Bella. Divindade. Semideusa. Extra-ordinária. E Ulisses, Bella? E Ulisses? Como é ser mulher de um dos maiores diretores do cinema atual? Adoro circo. Sempre quis ser domadora de leões. Ou uma vaca na Índia. Conte uma de suas histórias. Já contei que dei aulas para mulheres esquizofrênicas num hospital psiquiátrico? Me vesti de Papai Noel, como se Papai Noel estivesse se internando, e fiz com que elas me convencessem de não ficar lá. Duas se curaram depois de meu tratamento. Risos. Era um hospital de freiras carmelitas, e uma delas me levou para ver a capela e disse, com furor uterino, Jesus não é lindo? O que acha dele? Um gato revolucionário, e que tórax, eu disse. Fui despedida. Risos. A senhora aceita um copo de uísque? Aceito e arrisco a minha vida pelo próximo. E *senhora* é a puta que te pariu. Bella, uma foto. Bella, aqui, um sorriso! Com esse sorriso fico ainda mais ordinária. Linda. Era eu estuprada por onde passava, escolhida há muito tempo para ser aquela pena arrastada pelo tsunami. Tia, você está bem? Cadê o titio? Longe, meu anjo. Um herói prestando de fato um serviço relevante à humanidade. Bella. Bella. Bella. Sorria. Aqui. Como foi fazer esse filme? Para uma tarada por sexo foi simples. Bella, o que você acha de ser a musa do cinema? Uma Bella merda. Gostosa.

O tempo parou. Nossas cegueiras se viram de longe. Era Tonio. Magro. Abatido. Denso. Bem mais velho. Vamos para a sala 1. Bella, pelo amor de Deus, cadê Ulisses? O filme precisa começar. Seu jeito de se vestir para esses eventos me lembrava um índio longe da aldeia. Uma mistura de amarelo com roxo um tanto deslocada, adorável perto daquela enxurrada bárbara de selfies bipolares de preto, à nossa volta. Querida. Olá, Tonio. Como você está? Meio assim. Quero te apresentar. Marina. Bella. Marina! E Ulisses, Bella? Ele não vem. Ele não gosta de multidão. Confesse, você também não. Ulisses não vem? Não. Com licença, eu disse, fria como o sangue das formigas que eu enterrava vivas na infância. Por mim, podemos começar. Na ausência de Ulisses, eu era a pessoa ali mais apta a dar o *action*. Sentei ao lado da assessora-histérica, de modo que podia ver o holograma de Tonio duas fileiras à frente. Ao vivo.

Nordestern Pop, o filme

O filme abria com meu *outsider* e a estrada que eu desenhei para ele. Ele que podia ser tudo. Seu rosto era um *road movie* onde *you only live once*. Mas na tela era ele, com o que ele tinha de melhor, o seu silêncio. Um professor de história questionando se para manter suas convicções era preciso se isolar, não se vincular a nada, nenhum partido, nenhum movimento, nenhuma mulher, ele que não tinha talento para os vínculos da vida prática, ele que estava envelhecendo. Ele que, se continuasse na universidade, seria logo envolvido em um escândalo de assédio sexual por uma das inúmeras alunas que iam parar na sua quitinete ou pelo pai reacionário de uma em especial que insistia em não devolver seus Cassavetes preferidos. A trilha era um blues, cantado por uma negra, que contrastava com as cores berrantes, propositalmente bregas, de um motel temático de beira de estrada. A luz e a fumaça, dignas de um *road movie* dos anos 60. No carro podia se ver um mar de livros e uma bagunça que a direção de arte meticulosamente havia se preocupado em criar. Um adesivo no vidro do carro. UFRJ História. O foco na capa de um livro. Sociedades distópicas. O close na quilometragem do carro, 2.000 km, e os objetos ajudavam a contar um pouco quem era aquele homem. A plateia assistia ao rosto de um sujeito que nunca se arriscaria a entrar perigosamente para história. Mas as suas ideias, sim.

EXT. ESTRADA - DIA - D1

TONIO de carro encontra LÁZARO-JOSÉ na estrada.

TONIO

Senhor… Senhor… Senhor, a próxima cidade é Monte Santo, certo?

LÁZARO-JOSÉ

Sim, é, meu companheiro. Monte Santo, a cinco quilômetros daqui. Estou indo para lá.

TONIO

A pé? O Senhor não quer uma carona?

LÁZARO-JOSÉ

Se me der uma carona posso ajudar o companheiro chegar lá.

LÁZARO-JOSÉ entra vagarosamente no carro de Tonio.

TONIO

O senhor me lembra muito alguém.

LÁZARO-JOSÉ

Que curioso! O senhor também. Nasceu aqui na cidade?

TONIO
Meu pai, sim. Eu não. Mas não é daqui que tenho a impressão de conhecer o senhor.

LÁZARO-JOSÉ
Ah sim! Nasci aqui, mas fiquei muitos anos fora da cidade. Hoje praticamente não conheço ninguém. Sou eu e minha mulher. Sim, se é que posso chamar Bella de minha mulher. Ela é minha menina.

O andarilho seria capaz de mudar de assunto mil vezes. Mas era ele, José, o ex-guerrilheiro desaparecido, cuja história o professor Tonio pesquisava há décadas. Era o que o pensamento em off do ator dizia sem parar.

LÁZARO-JOSÉ
O companheiro é estudioso?

TONIO
Não... sim. Sou professor de história.

LÁZARO-JOSÉ
Alguém ainda se interessa por isso?

LÁZARO-JOSÉ folheia um livro, em cuja capa, pode-se ler "Cessar fogo".

TONIO (OFF)
Vivo. Ele está vivo. É ele.

LÁZARO-JOSÉ

O que traz um professor de história para essas bandas?

TONIO

Meu pai.

LÁZARO-JOSÉ

Faleceu?

TONIO

Não. Espero que não.

EXT. PORTA DA CASA DE LÁZARO-JOSÉ E BELLA - DIA

LÁZARO-JOSÉ

É aqui. Minha casa. Pode me deixar aqui, companheiro. Sou grato.

TONIO

Desculpe, acho que não perguntei o nome do senhor. (OFF) Só pode ser Lázaro, o meu guerrilheiro.

LÁZARO-JOSÉ

É José. O senhor fique à vontade para passar aqui e tomar um café qualquer hora dessas. Bella, Bella!?

BELLA
Já vou.

Uma mulher aparecia na janela. Era eu. Olheiras naturais perfeitamente maquiadas e lábios de acho que ainda sou uma mulher e ser mulher é o meu papel preferido. Lembrei do dia em que gravamos essa cena. Jantamos os três juntos na mesma mesa. Monte Santo. 30 graus. Externa. Noturna. A instalação onde se daria o jantar da equipe foi armada na locação, numa espécie de estacionamento, a comida do *catering* era motivo de piada pela equipe, como sempre tudo recendia a alho, até o suco de caju, mas nada tirava daquelas pessoas o prazer de estar ali comendo juntas. Gosto das noturnas, gosto das pessoas à noite, principalmente num acampamento com câmeras de cinema e *set lights* por todos os lados. Voz de Ulisses. Convidei Tonio para jantar conosco. Não vejo problema. Você devia ser mais simpática com ele. Não vejo motivos. Gosto de manter essa distância. Prefiro assim. Isso porque ele tem tesão em você? Ninguém podia se sentar com Ulisses, sem ser convidado, uma espécie de acordo tácito, eles filmariam no dia seguinte as primeiras internas do longa, Tonio estava nitidamente focado no seu melhor desempenho, eu lhe parecia invisível. Eu sentia raiva por ele sentir tanto medo. Medo ou não, era previsível. Olá, Tonio. Sente-se aqui com Bella, vou buscar um uísque para nós, uma dose hoje vai cair bem. Ele estava de chapéu. Antes mesmo de me olhar nos olhos, colocou o chapéu sobre a mesa. Estou ficando careca. É verdade. Um pouco aqui. Você acha mesmo? Você está ótimo. Você acha mesmo? Ele tinha esse hábito de ser charmosamente inseguro. Silêncio. Nossos olhos boiaram num silêncio fatal. Picasso nunca colocava o chapéu sobre a mesa. Era Ulisses voltando com o copo. Tinha medo que acontecesse alguma coisa com a pessoa mais velha da casa. Opa! Bobagem ou não, melhor não arriscar. Picasso era um idiota com as mulheres. E tinha essas pequenas obsessões imbecis. Ele tinha obsessões geniais. Antes de viajar de carro fazia as pessoas ficarem em círculo de mãos dadas em silêncio por dois minutos. Se alguém risse tinham que começar do início. Ele tinha obsessão pelo silêncio. Ele era um palhaço. As obsessões movem as pessoas. As paixões movem as pessoas. Tudo que eu dizia no jantar era meio rejeitado. Como se eles dois estivessem a se seduzir e eu estivesse segurando um castiçal de plástico. Gosto de observar as obsessões das pessoas. Algumas pessoas têm obsessão pela verdade, outras por vírgulas, outras no máximo por dar as mãos aos filhos ao atravessar a rua. Outras, como você que está ficando careca, por chapéus. Use isso no seu personagem. Use um chapéu amanhã. O nosso professor não gosta de nada que é definitivo, ficar careca é definitivo, constituir uma família é definitivo, por isso que ele pega o carro e vai pra Monte Santo. Ele vai atrás do que nunca foi, de seu pai, mas a sua obsessão vai junto. Os desaparecidos da ditadura. Esse professor estudou o caso de um guerrilheiro, em especial, com tamanha obsessão que o rosto do homem virou a imagem do seu doutorado, o guerrilheiro dado como morto, ícone de uma manobra drástica ou um arremedo. Não importa. Importa é que é ele. O semblante dele, a primeira coisa que o professor vê atravessando a estrada em Monte Santo, com seu saco de pão, um jornal e a verdade estampada que nunca saiu na capa. O professor, a sua personagem, Tonio, tem obsessão por revelar a verdade atrás desse homem, você é aquele cão, que perde a perninha, mas não perde o faro. Vai atrás, como quem persegue um barulho na madrugada, o lugar de onde vem uma música misteriosa em meio a uma insônia interminável, aquele sax abafado que pode ser ensurdecedor, se você não sabe de onde ele vem. Tonio ouvia calado, as metáforas lugares-comuns de Ulisses, com ouvidos de quem queria ter nascido no tempo onde atos heroicos eram planejados no meio da floresta. A minha preguiça era algo fora da ordem, ao presenciar, os dois ali, defendendo o princípio de que pessoas éticas não traem.

CENA 20

INT. FACULDADE DE HISTÓRIA UFRJ - DIA

Prof. TONIO escreve na lousa.

TONIO
Perguntaram a grupo de crianças americanas o que elas queriam ser quando crescessem. Muitas responderam, "Não vou ser nada", porque meu pai disse que não vai ter nada quando eu crescer. O mundo vai acabar antes. E eu me pergunto quem são os heróis dessas crianças?

O travelling mostra os alunos em silêncio na sala de aula.

TONIO (CONT'D)
Quem de vocês conhece esse homem?
(mostra a foto do guerrilheiro Lázaro)
Esse homem é Lázaro, um dos desaparecidos da ditadura, um grande líder do movimento estudantil em 1964. Seria considerado um mártir da resistência antifascista se tivesse sido morto, ou tivesse desaparecido sem a acusação de ter entregue seus companheiros. Mas a ele foi entregue a pecha de traidor. E todo o seu histórico de militante das causas estudantis, todo o seu esforço em organizar manifestações em

prol do restabelecimento das bases democráticas, a sua exposição como líder desde a madrugada do Golpe em 1964, toda a sua luta em nome do que ele acreditava, foi por terra. E eu pergunto onde está esse homem? Morto ou vivo? Hein? Isso é insignificante para vocês? Se ele está morto, não sabemos, mas que mataram moralmente esse homem, isso é fato. E continuam tentando matar a ideia de que um homem é capaz sim de se levantar contra aquilo que sua razão enxerga não ser o justo. Hoje, essa distopia que paira no ar, mata cada vez mais que o crack. Essa distopia é a ameaça de morte mais perigosa. E as ameaças podem ser mais aterradoras que a própria morte.

O professor Tonio escreve U-TOPIA na lousa.

U = ou.
TOPIA = lugar.
DISTOPIA = Não lugar

TONIO (CONT'D)
Ou seja, estamos sendo levados a tamanha descrença nas ideias de um lugar onde os homens são livres, uma *Utopia*, que esse não-pensar nessa ideia, altera o nosso modo de agir no lugar em que estamos. 1516, Tomas Morus escreve *Utopia*, a partir do relato de Rafael Ptolomeu - aquele

que inventa, entre o registro da política e da ficção - sobre uma ilha, que podemos imaginar, por um paralelo, ser a América. Marx disse, "Quando chegarmos numa sociedade mais justa não precisaremos de política". Mas será possível existir esse lugar sem contradições? E se, porventura, o futuro nos reserva isso, qual será essa passagem? Hegel diz, "Vendo a Revolução Francesa, nunca em toda história ocidental, tivemos tamanha disposição para que tudo estivesse de acordo com o que nossa razão exige". E se nossa razão exige que todos os homens devam ser livres e eles não são, o Estado responsável por isso é injusto, tem que ser modificado?

Bate o sinal da aula. Os alunos dispersam.

ALUNA
Professor, só uma pergunta. O professor é a favor da revolução armada?

TONIO
Eu te respondo com outra pergunta, caso uma revolução estivesse em curso, quantos de vocês participariam dela? Você estaria disposta a liderar algo assim? Quantos de vocês não brigariam para serem os líderes?

ALUNA
Professor, a diferença é que hoje não existem mais líderes, não existem mais heróis. Existem os corajosos e os covardes. Estamos presenciando o momento de maior falência do sistema político e do mundo, como um todo, mas não acreditamos mais que heróis possam salvar o mundo. Somos praticamente voyeurs, com câmeras na mão, dessa distopia. Sabemos que o mar está subindo, mas enquanto uns saem para construir barricadas para conter o mar, a maioria assiste chocada em casa ou sonha em conhecer Veneza a tempo. Não é mais uma questão de sobrevivência, e sim de resiliência a toda sorte de absurdos que ainda vamos presenciar. Em tempos traiçoeiros e apocalípticos, muitos procuram se apegar em alguma coisa, nem que seja apenas para se manter anestesiados por um pouco mais de tempo. Outros, mesmo sabendo se tratar do fim do mundo, tentam estar com outros na atitude de desacelerar o processo, ou simplesmente reconhecer que não estão do lado errado da força. E nem estou falando de esquerda ou direita, mesmo porque às vezes somos de esquerda pros conservadores, e moderados pros verdadeiramente de esquerda, porque sempre foi bonito ser herói, e de todos os lados há quem se arrogue, mas quantos estão a fim de ir pro front, sair

da frente de seus belos sofás, ou de trás de um alvíssimo MacBook Pro e da poderosa tecla enter, rezando o famoso regai por nós regadores, agora e na hora de nossa sorte, amém, e realmente tomar decisões que favoreçam a maioria em detrimento de si mesmos? Lá fora, nossos heróis, se estiverem vivos, ainda morrerão de overdose de ego. E, com o passar do tempo, cada vez mais, muitos vão ligar cada vez menos, vão se conformar com a não-realização de seus sonhos que também vão envelhecer, assim como todos nós. É difícil, é como um amor, desistir é mais fácil, por isso nós, os voyeurs da distopia, precisamos apenas não ser covardes, precisamos nos importar por mais tempo, lutar por mais tempo, e não apenas atuar como se lutássemos. Mas, somos a geração do não-textão e da indiferença cool. Somos todos meio-heróis, atores talentosos do nosso tempo, porém sinto que precisamos mesmo é de vocação. Mas cada época tem os heróis e os jogadores de futebol que merece, não é?

Esse último diálogo da aluna com o professor nunca aconteceu no filme. Só na minha imaginação, enquanto assistia ao que tinha sido filmado, onze anos antes. Kafka é atual até hoje. A obra estava datada? Ou hoje esse professor provavelmente já teria sido despedido ou censurado? Quando voltei a prestar atenção no filme, ele estava lá e a aluna lhe dizia, apenas:

```
ALUNA
Professor, só uma pergunta. O que o senhor
vai fazer depois da aula? Quer tomar um
café comigo?
```

No meio do filme, mandei uma mensagem para Tonio. Me encontra no banheiro. Você está louca. Vem para o banheiro comigo, estou com vontade. Sei. Vontade de fazer xixi. De longe vi que ele riu, mesmo sem querer. Teclei, somos livres, você pode ser o que quiser, se quiser, você gosta de arriscar sua pele, então vem para o banheiro comigo, vou primeiro, você vai depois, tem um quartinho de limpeza do lado do banheiro, me encontra lá, o mundo nos espera hoje, nada começa e nem termina sem nós. Meu telefone vibrou. Eu vou. Vigésimo encontro. Duraria menos de três minutos. Queria muito te ver, Tonio. Eu também, Bella. Ele chegou lá na velocidade em que mudamos de lugar nos sonhos. Você veio, menino. Eu falei que eu vinha, mas preciso sair daqui voando. Seus olhos estavam menores que os de costume, duas luas minguantes por falta de luz, olhos sem descanso. Ele me olhou com um pouco de vergonha, a fraqueza nele era algo fora da ordem, a fragilidade infringia sua frequência natural. Você está triste. Não está fácil, muita briga, discussão. E você? Que bom te ver, seus olhos, tem sempre um amor, eu só quero um pouco de calma, eu disse à minha mulher que iria no banheiro. Vem aqui, me dá um abraço. O atalho para um beijo inevitável, mas não era a boca dele, era uma boca machucada de quem falou mais do que devia, uma língua endurecida pela falta de delicadeza das palavras que foi obrigada a proferir, ele estava mal. Estou me separando de minha mulher, eu não sei muito o que fazer. Queria poder cuidar de você, mas eu acho que não é isso você precisa agora. É melhor a gente não se beijar. Não sei. Você está bem? Sim, respondi, com pesar, abaixando a cabeça. Então ele começou a chorar, eu me lembro. Não acreditei no que estava vendo. Ele chorava por alguma coisa que não saberia explicar. Ele chorava por algo que não poderia ser dito. Ele chorava, porque homens choram dentro de banheiros no cinema. Ele chorava e, por dentro, gritei mais alto do que nunca. Porque ali eu estanquei e não saberia continuar, não diante daquelas lágrimas, daquele homem e de tudo que ele significava para mim. Chora. Chorar limpa. Nos atores só a primeira lágrima é sincera, as demais, certamente, são cheias de vaidade, eu disse. É a primeira vez que choro na sua frente, e você já está reivindicando a sinceridade das minhas lágrimas. E completou, Você não imagina quantas vezes eu chorei pensando em você, se os filmes que eu fiz pudessem ter legenda de lágrimas, o seu nome estaria nos créditos. Você só esqueceu de pedir desculpa por não ter me convidado para nenhuma estreia. Desculpa. De jeito nenhum, isso seria sórdido. Apaixonados não podem pedir desculpas um ao outro, pedir desculpa é coisa para os educados, e a polidez está para paixão assim como o gato está para a areinha. Lá fora, era como o fim de uma guerra. As antessalas dos cinemas, no final de um dia de trabalho duro tem sempre a aura de um cemitério de almas perdidas. As almas talvez não entendam a diferença entre a ficção e a realidade, e demorem um tempo para se desapegar do romance e da guerra. Enxuguei os olhos dele como uma irmã faria. Talvez um dia nós dois tenhamos andado descalços como franciscanos, São Francisco e Irmã Clara, da imaginação de Kazantzakis, mas nessa vida, o erro dele foi ter me provado sem antes ter atentado para o fato de que eu não sou nada modesta. É mais fácil eu achar que fui Madalena, seduzi o pai dele, José, e o iluminei com o sexo tântrico há 2016 anos atrás, do que ser sua irmãzinha. E, na desordem do amor, que precede o que inexoravelmente vai morrer, e vice-versa, mas não importa, eu disse. Enxuga esse rosto, e para com esse medo que você tem de morrer. Não somos imortais, mas também não somos Adão e Eva, nem descendentes de Darwin, meu amor. Somos de outro lugar, de onde não é preciso sair, até porque, não há saída. Somos aquela flor, a dama da noite, embrenhada, trepada do lado de fora, nos muros do Paraíso, com a qual as pessoas até se inebriam com o cheiro, mas temem colher e levar para dentro casa, com medo de enlouquecerem. Então, com toda consciência da luz e do pó, dos quais não passamos, destrancamos a porta por dentro. Chega, não quero ser a sua mãe, dizendo que é assim que você funciona, mesmo que você saiba. Quando terminar o que estamos fazendo lá fora, talvez queiramos nos abraçar para sempre, ou não. É sempre mais difícil sair do Brasil do que voltar para ele. Eu não falei nada disso, apenas disse, Coragem. E ele disse, Só precisava disso, dos seus olhos, e da certeza de que você existe. Mesmo.

INT. CASA DE LÁZARO-JOSÉ - NOITE

O Prof. TONIO entra na casa de LÁZARO-JOSÉ e BELLA

TONIO
Desculpa vir à noite.

BELLA
José não está.

TONIO
Dizem que as pessoas interessantes saem à noite. Posso entrar?

BELLA
José não deve demorar. Sente-se. Ele não me disse que o senhor viria.

TONIO
Eu não disse a ele que viria.

BELLA
O senhor bebe alguma coisa? Tem cerveja.

TONIO
Cerveja? Tinha pensado em uma água. Mas tem cerveja? Eu tomo. Você me acompanha?

Bella
Acho que não.

TONIO
Você e José estão juntos há muito tempo?

BELLA
Por que o senhor está me perguntando isso?

TONIO
Ele se parece muito com uma pessoa que me marcou.

BELLA
Dizem que parecemos muito com pelo menos duas pessoas no mundo. O senhor se parece com aquele cantor famoso que foi assassinado, porque disse que era mais famoso que Jesus. Esse homem é um herói para mim.

TONIO
Jesus?

BELLA
Não. John Lennon.

TONIO
A senhora conhece esse homem?

TONIO mostra uma foto do rosto do guerrilheiro.

BELLA
José jovem?

TONIO
Esse homem é um herói para mim.

BELLA
José. Herói? Por quê?

TONIO
Ele teve coragem num tempo onde era fatal ter coragem.

BELLA
E hoje não é? Ele me disse que o senhor é um estudioso.

TONIO
Professor.

BELLA
Estudioso. Professor é que é um herói por aqui. Por que o senhor tem na bolsa uma foto de José jovem? O que o senhor veio fazer aqui?

TONIO
Vim reencontrar meu pai.

BELLA
Sinto muito. Acho melhor o senhor ir embora. Numa cidade assim as pessoas comentam se uma mulher fica sozinha com um homem.

TONIO
Ainda mais uma moça casada.

BELLA
Não sou casada.

TONIO

Não?

BELLA

Não oficialmente. O senhor se parece um pouco com Jesus.

TONIO

Vou embora. Posso voltar amanhã.

BELLA

José quando some assim fica dias fora. É melhor o senhor ir embora.

TONIO

Sim. Talvez você ainda possa me ajudar.

BELLA

Sinto muito. Até logo.

TONIO

Uma hora dessas eu volto.

monte santo, cidade cenográfica, 2005

Ulisses corta. Vamos rodar a cena de sexo dos dois na sequência, sem parar. Sem parar! Bella, o professor rondou a casa alguns dias, e você, Bella, enfim resolveu deixá-lo entrar de novo. Vamos rodar. Ulisses dizia, Vamos rodar, como se fosse a coisa mais simples do mundo. Eu estava totalmente desconectada de Tonio, e ele com seu ar pseudo seguro à la Marcelo Mastroiani. Pedi uma fruta e para ir ao banheiro, com a desculpa de precisar me concentrar. Desesperada, me tranquei no banheiro do trailer, e quieta, para tentar entrar na cena, comecei a me tocar, sim, me masturbar, apesar de odiar essa palavra. Quanto mais me tocava, mais me aproximava do surrealismo daquele momento, era como uma mulher desesperada se despindo na frente de uma multidão de indianos peregrinos que não veem um cabelo feminino há meses. Eu, que sou a expert em me tocar em silêncio, no carro, na cama do lado de Ulisses, no avião debaixo da coberta, no entanto estava sem ter prazer há milênios, não sabia se ainda sabia gemer, mas me deflagrei em meio à barbárie. Só no meio percebi que estava microfonada, me lembrei de Franca Rame, e seu melhor título, *Sesso, grazie per gradire*, e dei um gemido tão prazeroso, que a equipe de som deve ter se assustado, com o maior prazer. No espelhinho de corpo inteiro do camarim improvisado, vi a imagem de uma mulher que precisava ser tocada, uma árvore pedindo para ser trepada, tão forte quanto um tango entre dois homens. No reflexo, não era eu, era a imagem que minha imaginação estava a esculpir, não eram pensamentos desconexos, era tudo bem lógico, lógico como os sentidos de uma atriz, não era Camille Claudel, era ela e todas as nuas eróticas de Rodin juntas, não eram seios de uma mulher de trinta e poucos, eram os seios das mulheres de Schiele, eram seios de bronze esculpidos pela Idade Madura, eram todas as mulheres do mundo martelando o gesso que as separa de suas forças, uma orquestra sendo afinada pra desempenhar a partitura de um sonho, era o feminino e sua Natureza cristalinamente devassa, plena de que não existe uma árvore suja na Natureza, era o momento de se criar no meu corpo o volume da importância daquele encontro, o chegar mais próximo de uma utopia, era literalmente uma mulher emitindo música de si, pronta pra tocar no outro uma harmonia dilacerada e violentamente frágil. Assim eu entrei no set. Aqui estou. Bella voltou. Vamos rodar. Rápido. Concentração no set. Tonio. Coloque sua mão na de Bella. Dê a mão a Tonio. Belo *frame*. Vai claquete.

Foi claquete
Sua mão fria
A minha quente de uma indisfarçável
Fratura
Última cena externa dia

O seu cheiro sempre um segredo
O meu um perigoso
Take único
O seu sangue nos olhos me desmancha em pedaços

O meu escapa das veias e pinta de vermelho nosso abraço
Meu corpo de atriz
O seu rosto de ator
Diagnosticados loucos por um triz

Ouve nosso peito a bater a claquete de um sonho
Sente o efeito do pode rodar
Não cobre o rosto

Foi luz
Essa brecha no escuro que nos leva

Somos a valsa de Claudel
A simpatia de um Klint mergulhado no mel
Dois anjos fundidos em bronze a rir da Idade Madura

Ah, se as mulheres de Schiele cantassem
Cantariam

Foi som
Se meus peitos falassem
Diriam

Foi luz

Tenho impressão que aos olhos de todos
Tudo que é para mim sagrado
Respiração
Reverberação
Encontro
Também o são aos olhos seus

Nosso amor
Pelo menos
Por um instante
Numa tela
Ou num cinema qualquer
Ainda há de ter a bênção de Deus

Quando as luzes se apagaram começou a debandada. Não gosto desse momento do fim do dia. As aves de rapina-produtores-de-Ulisses sabem muito bem tirar proveito da carne e largar a carniça. Olho em volta. As fachadas de mentira, as casas serradas ao meio, os painéis imitando o céu, os campos verdes de plástico pintados e repintados exaustivamente até chegarem no tom esverdeado Gauguin desejado pelo diretor. A cidade cenográfica de costas é triste. É hora de voltar os olhos para o chão. Os atores mais carnívoros pegam os melhores lugares nos carros, que saem rumo ao estúdio principal cheios de si mesmos. Os mais velhos não têm prioridade. Já os mais célebres andam com seus *red carpetinhos* acoplados. Penso em pedir informação para um contrarregra. Que horas sai o carro que vai para o hotel? Mas, a nova moda – um óculosfone de realidade virtual – me torna incapaz de ser ouvida. Um figurante pisa no meu pé. Foi mal, linda. O meu nome não é Linda. Mas não o corrijo. Sempre sou a última a deixar o camarim e pegar os carros. Eu não tenho pressa, nunca tive. Talvez tenha tido para dizer sim a Tonio. Mas isso faz tempo, hoje não tenho nada, para falar bem a verdade. Mal tenho um telefone celular. Perco todos. Mas acho que assim mesmo ainda respondo por mim. A senhora das pernas lindas precisa de ajuda? Seu Borges! Obviamente, eu não olho diretamente para elas, procuro os meus óculos, então olho para o chão, mas no caminho estão as suas belas pernas. É o Seu Borges, o assistente de fotografia mais experiente da equipe. Ele parece se envergonhar com a própria piada, e se cobre, sorrindo. Seu Borges, o senhor não se endireita. Nunca imaginei que um dia seria confundido com um velho tarado bonzinho. Envelhecer deveria ser uma atividade bem remunerada. Sabe quem o senhor me lembra às vezes fisicamente? Aquele cineasta italiano, o Fellini. Claro, conheço muito bem, *Frederico* Fellini. Ele era um louco, você conhece a história de um filme que ele começou a rodar, e abandonou no meio? Enquanto ele falava, eu ouvia o barulho das luzes se apagando, via os técnicos mais jovens passando com pressa, seus tênis coloridos e hambúrgueres nas mãos. As aves de rapina serviam uma espécie de jantar no andar de baixo, se é que uma bolacha recheada trakinas pode ser chamada de sobremesa. Seu Borges, acho que encontrei seus óculos, pegue, o senhor me desculpe, mas preciso ir, Ulisses já deve estar me esperando na porta. Eu acompanho a senhorita. Estava exausta demais para me desvencilhar. Enquanto cruzávamos a pé a fachada da Igreja inacabada com a santa ainda sem a cabeça, seu Borges se esforçava em me contar sobre Mastorna, o personagem principal do filme maldito do *Frederico* Fellini, um violoncelista velho que perde o trem porque dá em cima de uma garota. Eu me torcia em um – nossa, que interessante! – mas, ele estava determinado a me descrever com detalhes que Mastorna, para não chegar atrasado a um importante concerto, resolve pegar um avião, mas o tal avião faz um pouso forçado numa cidade estranha, ele omite a informação de que na verdade o avião cai, e à parte o fato de que Mastorna está morto desde o início, solto um – oh, que original! – até parece que ninguém percebeu e que certamente Fellini foi esperto o suficiente pra desconfiar que o roteiro espírita não estava à altura de sua obra, mas seu Borges precisa falar, ele precisa me contar sobre os vinte e três personagens do roteiro não realizado, que o mendigo poeta é uma citação à Divina Comédia, que a aeromoça gostosa é um clichê, sobre a família burguesa e decrépita que morreu junta num acidente de carro menos o *stronzo e alcolizzato* do Giovanni, sobre toda a relação de Jung com o sapateado de Ginger e Fred, sobre a obsessão do cineasta pelos peitos da mãe, sobre a Itália, sobre o berço da civilização ocidental de *Rêmulo* (talvez amigo de *Frederico*) e Rômulo e todas as mulheres míticas, ele precisa contar todos os detalhes, Seu Borges é inteligente, eu é que estou cansada, eu admiro e ouço a história até o final, inclusive a parte em que o avião *ex-machina* da hipotética cena final é pilotado por uma criança com vontade de fazer xixi. Acabei de ler uma matéria sobre tudo isso, não é lindo? Durante a saga sem pausa, passamos por todo o setor leste da cidade cenográfica, a ala das estradas de terra com fibra de algodão para conter o impacto das quedas dos dublês e do carro acidentado que sempre paro hipnotizada para olhar, eu estava um pouco sem ar, quando chegamos na porta da saída, e notamos que todos os carros já tinham ido. Quer que eu te conte o final? Eu sempre tive paciência com os velhos e suas historinhas. Fellini, muito louco, depois de construir a cidade cenográfica, de mandar confeccionar todos os figurinos, e começar a filmar, numa bela manhã recebeu de alguém o roteiro do dia impresso com a palavra FIM no rodapé, e ele, do nada, resolveu parar tudo. Parar tudo, por quê? Porque estava escrito FIM. E, qual o problema? O problema é que não era o fim. E? E, daí que estava escrito FIM. Ao passo em que eu era atirada à falta de sentido daquela história, nos deparamos com o portão principal fechado. Quem se parece com o Fellini é Ulisses, senhor seu marido, Dona Bella, e a senhora é Dona Giulietta Masina, *a estrela dele*. Seu Borges, onde estão os guardas? Vamos esperar, alguém deve aparecer. Para mim, ligar para alguém não era uma opção, eu estava sem celular. Seu Borges, com toda a presteza do mundo disse, Eu já volto, minha Bella, vou procurar alguém para abrir para nós. Sim, espero o senhor aqui. Que alívio, o silêncio. Porém, depois de contar quinze, vinte, trinta minutos, achei melhor fazer alguma coisa. Saí atrás dele, andando novamente pela rua principal, dessa vez pelo escuro e no sentido oposto.

Quer uma camisinha? Você está falando comigo? Quem é você? No meio dos andaimes, na frente da tela de nuvens com fundo infinito, apareceu uma figura feminina. Gosta da sereia sem boca? A sereia com a boca subterrânea e o rabo na cabeça? Lá fora eles estão afundando, sabia? As sereias estão bravas, porém não podem chorar debaixo d'água. Você pelo menos pode chorar. Olhei para onde a figura apontava, ela se referia a uma imagem semiapagada de uma sereia reinando no capô lateral de um trailer antigo. Vem, entra aqui comigo. Tonio? Era Tonio vestido de mulher, fazendo uma cena. Você está ouvindo os murmúrios do inverno, o plástico bolha no chão estourando sob nossos pés, a tempestade de areia? Já pedi ao Senhor que abaixe esse som, mas ele não me ouve, a minha respiração é ofegante demais e os olhos dele estão cansados de mim, estou pronta. Posso ser sua, mas posso ser outra também ao mesmo tempo, quer? Tonio. Vem conhecer meu templo. Ele usava uma tiara com flores sobre um longo cabelo negro de canecalon e os bicos do peito de homem escapavam para fora do vestido. Parecia uma entidade incorporada no corpo de Tonio. Entre aqui. Dentro daquele trailer com figurinos e pôsteres com referências a deusas seminuas, ele aparentava ser ainda mais feminino. Eu sempre soube que ele tinha o dom de transmutar os traços do seu rosto, ele fazia isso pelos poros que se dilatavam, mas dessa vez eu podia observar de perto o processo, como quem é capaz de presenciar um segredo. Ele ia se transformando nela, numa sereia, uma espécie de ser mitológico, uma ondina, enquanto me contava sobre meninos-índios de uma tribo que sabiam fazer chover, sempre os meninos, nunca uma menina, e que ele, ela, a mãe d'água queria ensinar as meninas da tribo agora,Você está preparada? Preparada para fazer chover? Tonio, você está me assustando, por que você está falando assim? Talvez por conta da lua, talvez por causa do timbre de sua alma, talvez por causa de seus olhos, ou talvez porque todas podem fazer chover, mas alguma precisa começar, e para isso basta pegar a maraca da mão deles, e eles gostam de você, porque você parece não se orgulhar do que sabe fazer, porque você vai fazer chover, e então muitas vão fazer chover depois de você, que não se importará se saberão que foi você quem fez primeiro, mas você saberá, as mulheres farão chover, vai chover, e isso basta. E assim é, nada se faz antes do tempo. Tonio, o que você tomou? Os olhos dela se fecharam dentro de Tonio, e ele começou a tirar a minha blusa. Aterre. Sabe onde é o seu timo? Aperte. Bem no meio do seu peito. No meio. Eu quero chorar, eu disse. Não chame a sombra, nunca. A luz tem a sombra, porém na sombra não há nada. Você precisa aprender a rir primeiro, chorar é a perda que ensina, não à toa nascemos chorando. Talvez se você cavalgasse quem sabe aprendesse a chorar com o vento, ou talvez se você pudesse colocar seus olhos em outros com mais frequência e delicadeza e força e delicadeza e força. Você conversa com as árvores, ou grita com elas? Confesso que. Responda e respire, não consegue fazer duas coisas ao mesmo tempo? Desculpa, mas preferia estar te beijando, Tonio. De repente, eu estava parada na frente dele, mas agora ele era ela pondo minhas mãos, uma na altura dos rins dela, e a outra, no seu coração. Uma menina frágil sorrindo sem o dente da frente numa foto na parede do trailer nos olhava. Eu escondo essa foto do meu pai há muito tempo, ele disse. Mas não preciso esconder de você. Essa era a revelação. E diante dela, ficamos por uns quinze minutos em silêncio, apenas respirando. Está tudo bem, Tonio? Ele voltara do transe. Eu te amo, Bella. Mas, agora você tem que ir. Vai, e não olhe para trás. Por que tem que ser assim? Porque você pode ver minha alma. Sim. Eu tenho medo que você a capture. Curvada no resto das minhas pernas, me ergui e bati a cabeça no teto. O trailer por dentro lembrava a cabine de um barco antigo com as dobradiças e as memórias molhadas. Através da porta, eu podia ver o mar, numa réplica gigante de um quadro provavelmente russo do século XIX, ou talvez, Jesus acalmando a tempestade. Gostei de ter transado com você. Nós transamos, Tonio? Sim, e foi a melhor de todas as vezes. Andei vagarosamente em direção à saída. Estava tão escuro que eu não podia ver a minha sombra. Notei que todos os portões estavam abertos. E dentre todas as ilusões à minha volta, deduzi que pelo menos a placa dizia a verdade. SORRIA, VOCÊ ESTÁ SENDO FILMADO. Havia um guarda noturno de prontidão, com os olhos baixos em direção ao celular. Me aproximei. Ele não me viu. Me despedi. Ele não ouviu. A estrada. Nenhum carro me esperando. Apenas um capacho vermelho.

INT. CASA DE LÁZARO-JOSÉ E BELLA - NOITE

BELLA olha para uma foto de um gato e recorda de sua infância em flashback.

BELLA CRIANÇA
Mãe, cadê o Zezé? Para onde ele foi, mãe? Eu tô com tanta saudade dele.

MÃE
Virou estrelinha, meu anjo. A gente já falou sobre isso.

BELLA CRIANÇA
Coitado, está sozinho lá?

MÃE
Talvez tenha fugido e ido para o Paraíso, filha.

BELLA CRIANÇA
Onde é o Paraíso, mãe?

MÃE
Aquele quadro que a mamãe tem com uma floresta cheia de bichos.

BELLA CRIANÇA
Paraíso? Mas isso não é só um quadro, mãe?

MÃE
Será que tudo não é só um monte de quadros, filha?

BELLA CRIANÇA
Não, mãe. A minha saudade é de verdade.

A minha saudade de menina, filmada dentro daquele trailer, no dia seguinte, ao nascer do sol na cidade cenográfica, foi cortada do filme. Assim como a história paralela de Lázaro-José. Ele era assessor de um vereador em Parauapebas, no Pará, por isso viajava tanto. Defendia arduamente o beneficiamento do minério de ferro e o retorno de divisas mais justas para a população local e para o Estado, onde ficam as maiores jazidas de minério de ferro do mundo. Mas Ulisses dizia que o público não ia se interessar muito por essa informação.

INT. CASA DE LÁZARO-JOSÉ E BELLA - NOITE

LÁZARO-JOSÉ abre a porta para TONIO. BELLA está na sala.

LÁZARO-JOSÉ
O companheiro por aqui?

TONIO
Finalmente peguei o senhor em casa.

LÁZARO-JOSÉ
Minha Bella me disse que o companheiro está me procurando há dias. Eu estava de

viagem a trabalho. O companheiro gostaria de entrar?

A câmera imediatamente me foca à janela. Convidativa. Se meu colo do peito falasse, diria um plágio, do tipo, Me dance até o fim dos dias.

LÁZARO-JOSÉ
Se o companheiro veio a pedido deles pode voltar.

TONIO
Não vim a pedido de ninguém.

LÁZARO-JOSÉ
Então, por favor. Faça as honras, Bella. Veja se o sujeito aceita uma cerveja. Posso servir o senhor?

TONIO
Sim. Muito agradecido.

LÁZARO-JOSÉ
Então o companheiro precisa falar comigo.

TONIO
Senhor José, o senhor por acaso conhece este rosto?

TONIO saca da bolsa a foto do guerrilheiro Lázaro.

LÁZARO-JOSÉ
(sem hesitar)
Não conheço.
(apressado)
Mas o sujeito parece muito comigo, sem dúvida. Quem é?

TONIO
É o senhor?

LÁZARO-JOSÉ
Quem te mandou aqui, rapaz? Que brincadeira é essa?

TONIO
Calma, senhor José. Eu não vim para causar-lhe problemas. O senhor pode confiar em mim. Sou professor, não sou da polícia. Não quero confusão.

LÁZARO-JOSÉ
O senhor pode se retirar.

TONIO
Antes poderia conversar a sós com o senhor?

LÁZARO-JOSÉ
Não tenho segredos com minha mulher.

TONIO

Por que o senhor teve que desaparecer? Quem o apagou do mapa? Eu vim aqui para ajudá-lo a voltar. Se o senhor quiser. Os tempos são outros.

LÁZARO-JOSÉ

Não tenho tanta certeza assim. Por favor, o senhor pode se retirar?

Corta, disse Ulisses. Valeu. Toda vez que um diretor diz, Valeu o plano, o universo ao redor comemora como um time de vôlei num *match point* na final das Olimpíadas. Ulisses me puxou de lado, com uma insegurança estranha, Bella, vem aqui e me diz, por que você acha que o guerrilheiro não disse logo quem era? Turning point, Ulisses. Turning point? Acho que não. A mulher dele não sabia de nada. Não, Ulisses, lógico que ela sabia, eles moravam debaixo do mesmo teto, ninguém consegue enganar alguém tanto tempo assim. Não tenho tanta certeza disso, Bella. Amanhã traga para o set uma carta, uma carta de amor, de uma mulher a quem não resta nada, a não ser sonhar com um ator de cinema. Você pensa mesmo que essa mulher não sabe quem é seu marido, Ulisses? Enganar uma mulher é uma tarefa apenas para outra mulher.

estrada do rio de janeiro a limeira, 2016

terça-feira, 3h

Ulisses gosta de dizer que não há nada mais poderoso do que uma ideia cujo tempo chegou. Com certeza essa frase deveria vir com as devidas aspas, mas naquela madrugada frases prescindiam disso. Eu não, eu ainda precisava das citações, de heróis, de mestres, de norte. Mais do que nunca. Tonio fugira elegante de mim no final da exibição do filme. Não só por isso, eu voltava um pouco mais sozinha para a fazenda, nosso filme até agradara, mas a solidão do sucesso tem o gosto perigoso da estrada vazia na madrugada. Eu dirigia e chorava com violência, como chora uma criança de saudade de seu pai, porque a criança não tem a consciência da morte, mas da saudade sim. Eu sempre tive pavor de enterrar Ulisses, mas a iminência desse luto era tão aterradora quanto um alívio. Matamos algumas pessoas antes da hora. É tanto medo de perdê-las que precocemente as matamos, muito antes da hora.

quarto da fazenda, 2016

terça-feira, 6h

Quando cheguei de carro na fazenda, o sol nascia. Ulisses estava de olhos fechados. Coloquei a mão em seu peito para ver se ele estava respirando, como fazem as mães com seus bebês. Que susto! Que mania você tem de entrar sem bater. Você voltou logo. Não gostou, Ulisses? Encontrou seu muso inspirador? Ele estava pálido. E, eu transparente. Gostou de ver o seu rosto gozando no filme? Sim. Agora você pode me contar tudo. Sobre o filme. Se você quiser. Moça, acho que eu estou enjoado. Rápido, me traz um copo d' água. Não, Ulisses, não trago água nenhuma. Faz um café pra mim. Eu estou com um buraco aqui. O que é aquilo no espelho? No canto da janela, podia se ver o reflexo de um daqueles quadros antigos da galeria de mortos. Ele me encarava como se me dissesse, Assassina. De outro ângulo dava para ver um pedaço torto da réplica da tela de Pedro Américo – gritando, certamente. Independência ou morte. E ainda um pôster de nossa afilhada sorrindo em branco e preto para mim. Estou vendo uma revoada de pássaros brancos. E você? Uma senhora forasteira dentro do meu próprio corpo. E fui tirando a roupa, sem saber como conseguira me esconder tanto, logo eu, que sempre gostei de andar nua em casa. A porta abriu com o vento. Cadê meus irmãos que ainda não vieram me ver? Eu tenho irmãos? Fiquei muda. Eu só posso ser filho único. O infinito primogênito. O filhinho do papai, absoluto passatempo de pais assexuados, tão castos quanto os seus bebês que não param de nascer. Já notou, moça? Comecei a ouvir um barulho no corredor. É engraçado como os pais roubam uma parte da vida de seus filhos. Quando os filhos são pequenos os pais roubam a infância que toma conta da casa, o pai rouba a bola com violência da mão do filho, a mãe com depressão pós-parto rouba a felicidade real da casa ao brincar de casinha com sua frustração desesperada, compram peixinhos dourados que morrem, sem problema, eles compram outro, e ao serem perguntados para onde foi o gatinho atropelado se pegam mentindo ou, finalmente, falando de estrelas. Ressuscitam o Jardim do Éden, porém mais que nunca morrer é o fim, a perda adquire um sentido muito mais dolorido depois que se tem um filho, tem-se que recorrer a uma certa inocência perdida para conseguir suportar a consciência da finitude. Do corredor da galeria dos mortos eu podia ouvir passos. Quando os filhos viram adolescentes, os pais ficam meio abobados. Nos seus cinco minutos finais de adolescência roubam a liberdade dos filhos, e saudosos das paixões, deslumbram-se com algumas amizades, fazem lipoaspiração, arrumam amantes. Passei a ouvir sons de um salto e sobre eles o volume voluptuoso de uma mulher. Quando os filhos crescem e vão embora, eles se deparam com a sua maturidade, outros com sua velhice, e aí que a vida adquire contornos bizarros, ou maravilhosos, com a sua chegada. O vulto surgiu na porta. Bom dia! E voltou a caminhar com sua camisola branca. Ulisses, quem está dormindo no quarto de hóspedes? É ela quem está no quarto ao lado. Eu não tenho medo dela, da finitude da vida. Ulisses, quem é essa mulher que eu vi no corredor? A morte. A sabedoria. A eternidade. É uma mulher. A minha fisioterapeuta. Bonita, não?! Como todas as fisioterapeutas. Cara de espertinha. Ela está me ajudando. Ela me disse o que está acontecendo comigo. Como assim, Ulisses? Quem colocou essa mulher aqui? Você não precisa de uma fisioterapeuta. Você precisa de mim. O que ela te disse? Que era minha fã! Mas, me conte mais de você, sobre o filme, brincando com uma faca na mão, você ficou feliz com o resultado do "seu" filme, Bella? Não te dá um pavor essa sensação de mostrar ao mundo definitivamente a sua história? E sem contar essa, que foi escrita onze anos atrás e só mostrada agora? A imagem impressa tem peso, como é fazer um filme, Bella? É uma utopia. Tem um quê de autoajuda nisso, não? Não sei se gosto tanto dessa palavra. Utopia. Ela me soa um pouco como aqueles vídeos de harpa da internet. Se algum dia eu me encontrar com minha utopia, acho que prefiro estar ouvindo Johnny Cash. Mas as pessoas gostam disso, de andar de bracinhos dados com seus sonhos. Enquanto ele falava, brincava com uma faca. Cuidado, Ulisses. Você vai se cortar. Eu prefiro andar por aí, distraidamente, desculpe o trocadilho, mas ouvindo harpias. Você está ridículo com essa faca. Cuidado, Ulisses. Você ficou feliz com o resultado do seu filme, Bella? Não te dá um pavor essa sensação de escrever definitivamente uma história? Você vai se cortar, Ulisses. As pessoas contam histórias porque querem ser amadas. Depois resolvem que querem ser respeitadas. E, só no fim, veem que apenas querem ser amadas, de novo. Às vezes, é tarde. É como se o mar viesse, mas fosse incapaz de apagar as suas pegadas. Você é atriz, deveria saber que é feita de areia. Mas as suas pegadas, não. Elas são imunes ao mar. Porém, o jeito como você entra no mar, e de como atravessa a correnteza, faz o óbvio parecer uma epifania, faz com que alguém pare por um minuto para olhar em direção ao mar. Isso pode não te salvar, nem salvar esse alguém, mas é o que salva o mundo. Me dá isso. Não foi fácil, mas arranquei a faca da mão dele. Mas quem somos nós, senão crianças querendo ser amadas? Todos deveriam ser capazes de narrar o seu tempo, sem necessidade de posfácio. Ulisses divagava sem parar, quer dizer, aquele homem divagava. Ulisses nunca diria tudo aquilo. Ulisses nunca brincaria com facas. Ele, no fundo, era um romântico, nunca saiu por aí vendendo sonhos em bandejas, mas também nunca desdenharia assim do inefável, e nem dos seus pulsos. Ulisses realmente não estava ali. Ligue o rádio. Coloque "Ballad of the absent mare". E me conte. Me conte como foi. Quero ouvir de seus belos lábios o encontro de uma mulher com a sua utopia. Mas antes arruma o *Bonheur de ce monde*. Está torto. Eu odiava aquele idílio burguês em forma de soneto pregado na parede. Principalmente seu quarto verso. Possuir sem ruídos *une femme fidèle*. Mas, na casa da fazenda, apenas a matriarca tem o direito de mexer nas paredes. Você é casada? A campainha está tocando. Quem está para chegar? Seu marido sabe que você está aqui? Sabe que você trepa com seus pacientes? Ulisses. Desculpa. Eu preciso atender a porta. Então, para você um casal pode ter segredos? Ulisses! Eu estava de novo me sentindo numa montanha russa. Com cinto preso no pescoço. Abre a janela. Acabei de fechar. Ele sempre me pedia para abrir a janela. Acho que se divertia com a minha dificuldade de manusear aquelas antigas janelas de fazenda que mais lembram guilhotinas. Ou gostava de olhar a minha bunda, já que eu tinha que me virar para tanto. A vista do quarto dava para o mato, de onde vinha ao longe o canto do urutau e seu pio de alma penada fora de hora. Olá, Ulisses. Olá, Bella. O

Doutor já estava dentro do quarto. Ouvi a campainha tocar. Tomei a liberdade de abrir a porta para o Doutor. Fiz mal? Era a fisioterapeuta. Claro que não, Marichilene. Você foi ótima, Marichilene. Perfeita. A fisioterapeuta feliz se sentou na poltrona como se fizessse parte da família. Doutor. Bom dia! Como está meu paciente? Paciente, Doutor. Como está se sentindo? Muito bem. Estou sendo muito bem tratado. E olhou pra Marichilene, que grata devolveu o comentário, com uma passada de mão insolente no cabelo. A outra mocinha me parece um pouco cansada. A orientação do médico era clara, que eu não dissesse a Ulisses que eu era sua esposa e não desse a ele nenhum indício de que as coisas estavam fora da ordem. Ulisses delirava desde o acidente. Mas, quem não sabia de mais nada era eu. Para todos os efeitos, eu era uma amiga fazendo a "dama de companhia" de um homem solitário, a quem não aconteceu nada, nunca. Eu estava um caco, insone, intragável.

Enquanto o Doutor tirava a pressão, a temperatura e checava o estado geral de Ulisses, adormeci e acordei umas três vezes. As perguntas do Doutor eram todas respondidas pela garota. Eles riam com a espontaneidade da menina, antes que eu tivesse forças para articular qualquer entendimento. Tenho a impressão que aquele martírio durou uns quinze minutos. Desfruto do dom de me ausentar, numa espécie de manto da invisibilidade sob o qual majestosamente pairo, quando me convém, uma espécie de intolerância a idiotas, médicos, fisioterapeutas, e suas piadas. Bella. Sim? Ulisses está contando uma história. Sim. Perguntei-lhe que lembrança vem à tona ao olhar por essa janela? Doutor, me lembro de sair para caçar macuco montado no lombo de um burro com uma mulher. Olhei para o Doutor, estupefata. Ulisses estava lembrando algo que de fato havia acontecido. Sim. Foi uma tragédia. Me lembro, nitidamente, da mulher caindo do burro e torcendo o pé. Não me lembro de seu rosto, mas me lembro de sua bunda, nela tinha uma cicatriz, uma bela cicatriz, acho que da retirada de um berne. Ai que nojo! A fisioterapeuta exclamou. Que horror, que horror! Doutor, o senhor pode me acompanhar até a outra sala um momento? Doutor, creio que Ulisses está melhorando, essa moça não precisa estar aqui. Veja bem, essa história do berne é real? Não importa. Que coisa, não. Um berne na bunda. Sinto muito. Vejo que senhora está trabalhando bem. Excitando-o, como orientei a senhora. Confesso que acho tudo isso um tanto absurdo, há base científica na eficácia nisso? Confie em mim. E Marichilene está sendo ótima nas massagens, para ajudá-lo a relaxar. Confie em mim. Eu olhava para aquele médico. Ele era irreal, como a maioria dos médicos é. Doutor, ele está se lembrando das coisas. Sim, mas é como uma ferida. Não cutuque.

Preparem-se. A água vai mesmo acabar. Vai fazer calor, mas a sensação é de que estará nevando dentro das nossas casas. Estamos caminhando para um lugar entre o ruim e o pior ainda. E lá estaremos nós forçados a desacreditar em utopias. Sentindo-nos obrigados a nos posicionar mesmo sabendo que não nos encaixamos em lugar nenhum. O pensamento múltiplo e multifacetado de hoje, dificilmente, encontrará repouso num Di Cavalcanti educado do amanhã. Quem vai proferir o discurso da salvação? Um Oswald, depois de voltar da Europa ou um Osvaldo-osvalda-bissexual-pantera-negra? Um comediante que foi embalado por Chico no berço ou um aluno do segundo grau? Não importa, mesmo assim irão se autossegregar.

Aceitarão suas multiplicidades, porém até a hora de escolher quem vai para o centro da pólis, o qual certamente não será o melhor, mas o melhor ator com sua retórica, repleta de decorum *e benevolência, nunca de futurismo. Até Villa-Lobos já foi vaiado, pois entrou num palco calçando em um pé, um sapato, e no outro um chinelo, julgaram-no "futurista demais'" Até ele explicar que estava com um calo no pé, já era tarde. Seremos lentos na reação, porque diferentemente de quem está aberto para o novo, para o diálogo, há um outro lado, que só vai querer proteger seus privilégios, que vai lucrar com a guerra, com a violência, e a ignorância, e vai nos ver como se estivéssemos ameaçando seus diamantes, catalogados como a última beleza do mundo. Eles vão usar ternos bem cortados, vão fazer cursos de clown, e saberão muito bem agradar a si mesmos, e a toda uma plateia sedenta por gracinhas pseudo-inofensivas. Os jovens estarão perdidos, prontos para se matar sob o mando da primeira corrente, vão querer um sentido, mas antes que eles descubram sozinhos que não há, e essa é a graça da vida, a Igreja vai vender a cartilha do amor e terrenos em Marte. Não vai adiantar chamá-los à luz, nem mostrar-lhes os filmes de Fellini, eles já terão a angústia de Bergman – antes da hora – e nada terá graça, de nada vai servir contar para eles, sobre a biblioteca de Alexandria, e de como hoje, ela foi substituída pelas redes sociais, cheias de farsantes, falsos profetas a rivalizar quem primeiro proferiu o discurso da iluminação. Vamos chamá-los para dançar para uma plateia de crianças com paralisia cerebral, sim, isso talvez faça uma enorme diferença para elas – as crianças com paralisia cerebral –, vamos inventar instrumentos que possam ajudar uma criança surda a sentir o som, talvez eles se lembrem o que é a música ao vivo, vamos mostrar a eles a vida real, algo que eles só conhecerão se tiverem menos de sete anos de idade e que o toque, o sexo, pode sim ser algo transcendente e belo. Vamos sentar e falar de amor, de luta, de heróis, mas heróis, como antigamente, tal como hoje – cheios de* hybris *ridículas – profundamente humanas, que sempre fizeram e nos farão sonhar em sermos deuses. Eles poderão até rir de nós, ou escolher serem humanos, eles poderão não ter escolha, o que é mais revoltante, mas teremos tentado estabelecer uma humanidade, um sentido para o que perdeu o sentido, antes de ter capacidade de criar um sentido. Eles precisam acreditar por mais tempo.*

Quando voltei para o quarto, Ulisses estava com o meu caderno de anotações lendo para a fisioterapeuta. Pude ouvir. Quer que eu leia mais dos meus escritos para você? Claro, senhor Ulisses. Atrás da porta, sorri. Pensei no médico, nas tais excitações involuntárias, em todas as minhas pequenas utopias infiéis escritas ali. E concluí, Deixa ele ler. Quem sabe ele enlouquece de vez. Depois que rodamos o filme, ele demorou longos onze anos para ser lançado. Nesse tempo, Ulisses mudou, ficou flácido, parou de criar, coincidiu com alguns convites para dirigir umas bobagens na televisão, altos cachês, coincidiu com o auge da minha fama, e o meu vazio mais bem vestido. Ali, ainda do lado de fora do quarto, pude ouvir o texto que escrevi quando Ulisses resolveu declarar seu voto para presidente a um candidato obscuro da direita. Ulisses sempre teve uma postura crítica em relação à elite apesar de ser a elite, mas de repente, ele abriu mão do discernimento. É comum, mais cedo ou mais tarde paramos de transar, e nos tornamos conservadores sem perceber. Acho que por isso alguns homens inconscientemente buscam mulheres mais jovens, eles estão inutilmente em busca de si mesmos. No que pude ouvir, Bella, entre, venha ouvir o que encontrei nesse caderno antigo. Cartas de amor.

E, lá no fundo, não te pedi nada. Porque, no fundo sempre achei que você tinha mais para dar. No fundo sempre achamos, meu amor.

Bella. O que é isso? Era um pedaço do estudo para o roteiro do filme, estava todo riscado, sem a capa, onde provavelmente Ulisses leria seu nome ao lado de uma palavra de peso. Diretor. Mas por acaso, o roteiro estava sem a capa. Acreditaria nisso, se acreditasse, que as coisas acontecessem ao acaso, mas nós sabemos, que não é bem assim. Leia para nós. Estou cansada, Ulisses. Então leia para nós, Marichilene. Bella, sabia que Marichilene é atriz nas horas vagas? Outra coisa que você não sabe é que ela tem um trabalho de corpo ótimo. Precisa vê-la fazendo yoga. Uma desenvoltura impressionante. Chega, Ulisses! Sente-se, Bella. Essa história precisa caminhar. Segue.

EXT. BAR DE BEIRA ESTRADA EM MONTE SANTO - DIA

LÁZARO-JOSÉ, o ex-guerrilheiro, chega a cavalo. Para na porta do bar. Mira o Professor TONIO sentado numa mesa sozinho. O bar está praticamente vazio. Há uma mosca. Provavelmente, descendente daquela mosca da abertura do filme "Era uma vez no oeste". O professor tenta matá-la com a mão, dando um tapa na mesa. Mas não consegue.

LÁZARO
Senhor Professor.

TONIO
Mandou me chamar, senhor Lázaro?

LÁZARO
Sim. Como chegou até mim?

TONIO
Acreditaria se eu dissesse que foi o destino?

LÁZARO
O que o senhor quer de mim?

TONIO
Saber a verdade.

LÁZARO
Meu caro, quanta ingenuidade para um professor. A verdade não costuma andar a cavalo e chegar pontualmente ao meio-dia. O que o companheiro quer de mim?

TONIO
Quero ajudar o senhor a voltar e reescrever sua história.

LÁZARO
Para quê? Quem ainda se interessaria? Cães não apreciam comida velha. E nesse caso sou o gato. Eu não pretendo ser um arremedo de mártir de que vocês tanto precisam.

O que você quer de mim?

TONIO
O senhor vive autoexilado. Usa outro nome há mais de quarenta anos. Carrega o peso de ser o traidor de um movimento. Responsável indiretamente pela morte de duas pessoas. O que aconteceu naquela tarde de 14 de janeiro de 1971? Nunca pensou em esclarecer o que de fato aconteceu? Nunca pensou em voltar depois que as coisas se restabeleceram?

LÁZARO
Não.

TONIO
O senhor era um líder. Tinha o poder de movimentar as pessoas em torno de um ideal. O que fizeram com o senhor? Depois de tudo, o que sobrou do senhor?

LÁZARO
O companheiro usa umas palavras engraçadas para um professor de história. Desligue esse gravador que você tem na bolsa. Fui eliminado e desqualificado muito antes daquele dia em que fui pego pela polícia. Votei contra resoluções do partido programadas para receber aprovação unânime. Fui contra o radicalismo. Contra interesses

pessoais. Bati de frente com a vaidade de uns, o desvio de verbas de outros. Como castigo, plantaram a mentira de que eu fui eu o delator. Fui morto. Mas fizeram a cagada de não me sepultar. Sou um fantasma. Consegui fugir do DOI-CODI, e há décadas rodo esse Brasil inteiro na clandestinidade. Faço jornais operários. Dou aulas onde precisam das minhas aulas. Ajudo a construir escolas. Casas. Estradas. Tudo. Só não me peça para construir igrejas. Até que resolvi voltar para cidade em que nasci. Conheci Bella. E resolvi ficar por aqui. Hoje trabalho como assessor de um vereador. Mas ninguém sabe de meu passado. Está bom para você? Para que tanto interesse, senhor professor, no relato de um Zé ninguém?

TONIO
Então o senhor foi traído pelo próprio partido?

LÁZARO
Quanta surpresa, não?! O poder, essa merda está em todos os lugares. Caminhamos muito, mas se não fosse essa merda do poder, teríamos caminhado muito mais. Pelo visto, o companheiro também esconde um segredo?

TONIO
Pelo contrário. Tenho feito o que posso na sala de aula com meus alunos.

LÁZARO
Entendo. Bom, bem-vindo ao purgatório dos ex-futuros líderes. Eu tenho que ir.

TONIO
Só mais uma coisa, senhor Lázaro. O senhor, eu, qualquer um, todos nós, se tivéssemos chegado ao poder, teríamos ficado a um passo de trair nossos princípios. Passar para trás um companheiro. Roubar. Mentir. E de nos tornar iguais a tudo aquilo que sempre execramos. Como pesquisador, sempre quis captar esse momento e esmiuçá-lo. O momento exato do bote. O senhor sempre me pareceu um bom exemplo. Eu sempre imaginei que o senhor teria algo a me dizer.

LÁZARO
Meu filho, o que nos excita nunca é o que há de mais nobre.

Naquele momento, o professor poderia ter dito, Sim, meu pai. Professor Tonio poderia ter dito.

TONIO

Muito provavelmente o senhor é meu pai. A minha mãe é Joana, sua namorada na época em que o senhor desapareceu. Minha mãe descobriu estar grávida, quinze dias depois da última vez que o viu. Minha mãe pouco sabia do senhor. Apenas que o senhor havia nascido numa cidade da Bahia, Monte Santo. E que um dia seria um grande líder.

Poderia ter dito tudo isso, mas apenas disse o seguinte.

TONIO

Eu só precisava saber que o senhor ainda estava vivo.

quarto da fazenda, 2016

terça-feira, 9h

Marichilene lera muito mal as falas. Ulisses amenizou. Você leu um pouco baixo, precisa só articular melhor. O pseudo elogio de Ulisses me fez pensar, dar a sua voz a alguém é um ato de entrega insano, precisamos dedicar um tempo a quem atribuímos esse poder, assim como cuidamos de um voto, ou de uma obra de arte até que ela esteja pronta. O problema é que, às vezes, as pessoas nas quais deveríamos confiar se confundem com a própria magnitude da obra, e é aí que todos viramos chiste. É triste demais. Para trair um amor ou um ideal, basta ter um. E como aprendi com os palhaços, De dia oremos e vigiemos, à noite gozemos e relaxemos. Nessa ordem, de preferência. Bella, é disso que se trata seu filme? A vontade de Ulisses era ter filmado um *Nordestern*. Mas, ele não conseguira ter convicção política suficiente para criar um Robin Hood brasileiro. Ele estava com o rabo preso demais para defender o rei dos injustiçados, ou um mártir de verdade, um Antônio Conselheiro. Um guerrilheiro fracassado era mais a sua projeção, à sua imagem e semelhança. Meninas, sentem aqui mais perto por favor. Vocês duas não têm vontade de se conhecer melhor? Com a frieza de um homem que pretende deixar duas mulheres se beijando e ir tomar um café, Ulisses estava sugerindo o impossível. Marichilene era de fato uma mulher fisicamente interessante, mas era inacreditável o ponto a que havíamos chegado. Olhei para a mão da fisioterapeuta, ela tinha um baseado. Você fuma? O que nos excita nunca é o que há de mais nobre. Percebi no ato que os dois estavam de algum modo mancomunados. E o alvo certamente era eu. Até fumo, respondi meio sem jeito. Eu e Ulisses nunca havíamos transado nem na cozinha, quanto mais com outra mulher, juntos. Não por moralidade, desculpa ou não, confesso que sempre tive preguiça dessas transgressões dentro de casa. Não importava o quanto eu tivesse de devassidão dentro de mim, não importava o quanto eu tivesse arrumado desculpas para escondê-la de Ulisses, ela sempre seria pequena perto da dele. No fundo, eu não queria perder dele em nada, essa era a verdade, pelo menos a desculpa verdadeira. E porque por trás de toda desculpa existe o advento da covardia, tomei coragem. Me passa esse baseado. Está aqui. Sua gostosa. Minha boca encostou na boca da menina. No batom vermelho da outra, derreti minha ojeriza em dividir o mesmo teto com ela. E se é impossível e chato orarmos e vigiarmos, gozemos e relaxemos. Nessa ordem. Se é impossível dividir em paz os louros com os homens, que insistem em achar que podem nos superar, nos entreguemos a nossa mortalidade poética, a nosso sangue, a nossa fausta delicadeza. E, caso seja difícil aceitar a derrota de não sermos imortais, sejamos nós as primeiras a nos mortalizar. Joguemos a toalha da eternidade. Sejamos ternas. Tenras em múltiplas *petites morts*, em jorros de voluptuosidades, entregues à boca das ex-inimigas. As mulheres. Todas. Doces ex-inimigas de outras mulheres. Ulisses olhava para nós como se estivesse dirigindo uma cena. E abriu um jornal que o Doutor havia esquecido sobre a poltrona. Meu nome é Ulisses. Sou um diretor de cinema. O jornal tinha uma foto dele e uma imagem do filme, e a frase, Diretor se recupera de um AVC e não comparece à première. Assessoria e Bella Butler, atriz do filme e esposa do diretor, não confirmam a informação. Ao lado, a minha foto. Você é minha mulher. Com o peito da fisioterapeuta na minha boca, eu só consegui pensar em Nietzsche. Definitivamente, é mais fácil lidar com a má consciência do que com a má reputação. Fugi do quarto enrolada no lençol. Só tive tempo de pegar meu caderninho de escritos. Do jeito que saí, corri para o terreiro onde estava estendido o café, secando sob o sol, como eu. E com o meu precioso caderno na mão, comecei a procurar a carta que eu estava escrevendo há vinte e um anos pra Tonio, mas ela não estava mais lá. Possivelmente alguém havia arrancado as folhas. Tonio. Me ouve. Preciso lembrar de tudo que escrevi. Eu já havia ligado duas vezes para Tonio depois do lançamento do filme. E nada. Nunca tinha feito isso em vinte e um anos, mas ele também nunca tinha chorado na minha frente. Ele sempre sumia depois de nossos encontros, como uma fera que sente o risco de ser domesticada, mas dessa vez era como se fosse a primeira. Há vinte e um anos é assim. De brincadeira, combinamos que nunca seríamos amantes, nos encontraríamos vinte e uma vezes, e depois nunca mais. Isso fora há vinte e um anos, eu tive a pachorra de contar. E sim, ainda me restava a última ficha, a derradeira bolinha do pinball. Me ouve. Como posso ser tão importante e ao mesmo tempo tão distante para você? Coincidência ou não, nesses últimos anos, os personagens que Tonio escolhia interpretar, por acaso, tinham a ver com a nossa história, seu último papel havia sido de um marido traído. Me escuta. Vamos tomar um café. Mais um café. Talvez o último. Talvez o primeiro. Eu escrevia cartas porque ele nunca ouvia meus chamados. A minha poesia era o uivo de uma Marabô. Me responde, Tonio. Já vimos esse filme. Não exatamente assim, agora tudo está mais claro. Quando o filme está no final as coisas vão clareando, mesmo assim ainda corremos o risco de nos perder querendo nos explicar demais. Como queria ser eu a perder a memória, mas a minha capacidade de reter as emoções é infinitamente mais poderosa que um exército de memoriosos.

Tonio. Não pense tanto. Podia ser pior. Você poderia ser objeto da minha imaginação. Mas, não, você é fruto, meus dentes foram feitos para te morder, e você gostar. Os cavalos estavam arriados. Montei na Clarinha, uma égua mais escura que o breu. A dubiedade dela era a minha, nem eu sei o quanto era claro para mim o tanto que eu inventara Tonio, mas era escuro demais para Tonio, o Tonio que eu inventara. Não domino o quanto é evidente que isso tudo é real. Ou não. A ambiguidade das personagens era a minha, no entanto, não era eu a refletida do lago, eram muitas. Somos as mulheres que queremos inventar, nem todas nascem assim tão ordinárias, é nossa capacidade de ainda nos apaixonar que nos faz assim. Se minhas palavras pudessem te trazer para mim mais uma vez, inventaria infinitamente. No buraco onde estamos, nós inventamos porque cada vez vai ficando mais difícil identificar o que restou de nós, onde estamos inventamos porque precisamos de uma dose de vida todas as noites, com gelo, porque temos sede de ver as coisas como elas poderiam ter sido. Mas ao te revelar o que inventei, te perco para sempre. O vício permanente te liberta ou te mata. Eu só fiz trair seu único pedido. Não conte nunca para ninguém. O que fazer se as melhores histórias são aquelas que não podemos contar? Não se trata de infidelidade, não é a duração, nem a frequência da nossa infidelidade, que nos faz infiéis, mas a saudade. Somos infiéis porque padecemos da saudade sete mil, seiscentos e quarenta e quatro dias, vinte e um anos de ausência e distância, quando não ficamos perto mais que vinte e um dias, vinte e um dias em que, para todos os efeitos, não aconteceu nada com ninguém. Você pode fugir de mim, mas não vai escapar dos fios da sua capa que ficaram bordados em mim. Chega de melodrama. Me ouve. Tonio. Olhe pela fresta da minha janela a última vez, antes que a incorporadora erga o prédio e concretize o fim do horizonte. Eu vou tirar a roupa para você a última vez com a delicadeza com que caíram as primeiras lágrimas do rosto de alguém. Me responda, antes que eu desista, e não queira mais você, queira ser você. Antes que você se assuste, saiba que pra mim você é o país que eu não conheci numa infância superprotegida, você é a parte mais poética do Brasil que me foi negada num apartamento nos Jardins do pulmão mais sujo do Sudeste, você é o Nordeste que eu queria ter nascido e que eu tenho vontade de olhar nos olhos antes de dormir, você é a coragem de ninar os sonhos de um país mais justo até chegar o dia, você é o tesão de trair e a dor de ter traído, você é minha obra-prima feita de espuma do mar na baía de todos os santos, você é meu Romeu dos espíritos da floresta e de todos os índios, você é o teatro sem máscaras e todos os seus deuses falíveis que nunca deveriam ter sido exonerados de seus postos pra dar lugar a um só comprimido Deus-ex e tantas máquinas, você é o Brasil, a África, Darcy Ribeiro, a democracia que pra dançar junto preciso queimar décadas de saltos e sapatilhas, você é a minha coragem de aprender a morrer quando acordo sozinha no meio da madrugada, você é o meu manifesto pelo amor de um Deus mais libertário, você é a fé de meu rosário, você é o meu negro que nunca chamei de negro lindo, apenas de lindo, porque não sou rascista e a ancestralidade tem todas as cores, você é a minha declaração de amor a todos que vou continuar amando a despeito da monogamia e da propriedade que insistem em nos convencer que isso é pecado. Poderia matar vocês todos dentro de mim, mas ainda acho que preciso disso tudo para existir, mesmo que tamanha revolução às vezes não caiba dentro da minha paz.

cena final

INT. CASA DE BELLA E LÁZARO - DIA

TONIO entra sem bater. E sem dizer nada tira BELLA para dançar. Tiram suas blusas. Se abraçam. Mesmo sabendo que não haveria nada mais, além da música silenciosa. Eles dançam. A morte não chega para quem dança. Você está em mim. LÁZARO chega a cavalo e vislumbra sua mulher abraçada ao professor. Saca lentamente uma arma. E aponta.

quarto da fazenda, 2016

terça-feira, 10h

ULISSES
É assim que termina.

BELLA
Sim, Ulisses. Eu estou indo.

ULISSES
Veio me pedir perdão?

BELLA
Pedir perdão para quem inventou o pecado? Não, Ulisses.

ULISSES
Pode ir. Não vou chorar. Até aprendi com você. Mas não vou. Você acha que eu poderia ser um ator?

BELLA
Você quer que eu seja sincera, Ulisses? Seria o mesmo que pedir para um louco não delirar.

ULISSES
Não entendi. Como você consegue sustentar uma mentira por tanto tempo? Me ensina.

BELLA
Você não é engraçado, Ulisses.

ULISSES
É só saber mentir muito bem para ser um ator? Confessa. No fundo é só ser um bom canalha? Não é possível ser só isso. Eu sempre achei que precisava de um certo sacerdócio.

BELLA
Você nem imagina.

ULISSES
Quanto de verdade seu corpo suporta, Bella?

BELLA
Você nem imagina.

Ulisses se levanta da cama. Vai até a parede. Planta uma bananeira. Cai de lado e apaga.

BELLA
Ulisses! Pelo amor de Deus. Que que você fez? Acorda. Acorda! Meu Deus. Ele não está respirando. Ulisses! Acorda.

ULISSES

Ó beleza, onde está a tua verdade? A suspeita sempre persegue a consciência culpada. A verdade nunca perde em ser confirmada.

BELLA

Pare de citar Shakespeare. Que brincadeira de mau gosto é essa?

ULISSES

Adoro Shakespeare. O mais genial manipulador de histórias alheias da História.

BELLA

Isso é pedante.

ULISSES

Gostou da minha performance? Obrigado. Aprendi com você. Como sustentar uma mentira por tanto tempo. Se me espanta algo é a tua inocência. Minha cara, não se ofenda. Eu sempre te disse. Para fazer teatro você só precisa de uma pessoa te assistindo. Mas é imprescindível que as duas se deixem entregar. Uma precisa conhecer a arte de criar. E a outra precisa gostar de ser inventada. Desde que se alterne como em uma dança. Temos o teatro. Temos os amantes. Talvez quem sabe até o amor.

BELLA
Ulisses, você é doente.

ULISSES
Eu não tenho doença nenhuma, Bella. Sou eu. Ulisses, o bom. Velho, jamais.

BELLA
O acidente. Você não perdeu a memória?

ULISSES
Nem um fio de cabelo. Não tenho problema nenhum. A não ser que eu nunca soube realmente quem é você. Passei a vida fugindo desse encontro. No fundo, não queria morrer sem saber o quanto de sensações meu corpo suportaria ao encontrar o seu verdadeiramente. Queria ter o prazer que só os atores e os amantes têm.

BELLA
Ulisses, você me iludiu esse tempo todo.

ULISSES
Bingo. E você não? Me diga se a ilusão não é o melhor caminho para se chegar à verdade. Você não me ensinou a chorar. Mas a sua arte de me enganar me ensinou muito mais.

BELLA

Estou indo para rua, Ulisses. Pela porta da frente.

ULISSES

Vá. Pode ir. Não tenha medo. E veja quanto de verdade o seu corpo suporta. Vá. Eu vou estar aqui te esperando, meu anjo perverso. A paixão é um teatro cheio. Só não se esqueça que, no final, quando o espetáculo acaba, é aquela solidão que você já conhece.

BELLA

Eu vou, e você fique aí, Ulisses, atrás das cortinas, com essa sua verdade, com essa verdade do meu corpo ausente, que você acha que é apenas mais uma ilusão. O teatro não sou eu. A solidão é minha. E a paixão é um teatro cheio de solidões, de amantes que nem sempre se entendem, mas se querem, vão se querer sempre.

Agradecimentos

A Raul Barretto, Marcia Cerello, Antenor Cerello, Maria Lúcia Brenélli, Marcelo Rubens Paiva, Claudia Schapira, Juliana Frank, Maria Cecília Gomes dos Reis, Daniel Gaggini, Mario Bortolotto, Ivan Nakamura, Erica Puga, Paula Cohen, Patricia Leonardelli, Maria Fernanda Teixeira, aos professores e colegas do Instituto Vera Cruz e aos meus filhos Aurora e Theo.

Helena Cerello nasceu em 1977 em São Paulo. Estudou administração de empresas na Fundação Getúlio Vargas (FGV/SP) e teatro no teatro-escola Célia-Helena. Trabalha como atriz desde 2000, com destaque para seu trabalho junto à companhia teatral Le Plat du Jour, onde recebeu, junto ao grupo, dentre outros, o prêmio APCA. Atualmente, além de ser atriz, escreve ficção e dramaturgia e ministra a oficina de corpo e escrita *O corpo todo que escreve.*

Edição e revisão Bruno Zeni
Capa e projeto gráfico Sílvia Nastari

Imagens de capa colagem a partir de acervo pessoal

Dados Internacionais de Catalogação na Publicação (CIP)
(Laura Emilia da Silva Siqueira CRB 8-8127)

Cerello, Helena.
Ninguém abandona o Paraíso pela porta da frente. / Helena Cerello; texto de orelha, Lourenço Mutarelli; capa e projeto gráfico, Sílvia Nastari. 1ª ed. – São Paulo: Editora Quelônio: 2018. (Coleção Valsa de Esquina, 5).
168 p. ; 14 x 21 cm.

ISBN 978-85-93229-30-5

1.Ficção: Literatura brasileira 2. Literatura brasileira: romance I. Cerello, Helena. II. Mutarelli, Lourenço III. Nastari, Sílvia.

CDU 821.134.3(81) CDD 869.93

Índices para catálogo sistemático:

1. Ficção: Literatura brasileira 869.93

Editora Quelônio

Rua Venâncio Aires, 1072
Vila Pompeia
05024-030
São Paulo - SP
www.quelonio.com.br

VALSA
de esquina

/

A literatura atual desconhece limites de gênero, estilo ou tema: o romance se fragmenta, o conto e a crônica se enlaçam, indistintos, a ficção está permeada de memorialismo e fantasmagoria, a poesia deriva para o prosaico – ou retoma, ora sarcástica, ora elevada, o rigor formal. Nessa contradança contemporânea, a narrativa, a lírica, a crônica e a memória se atracam, furtivamente, em uma valsa desencontrada.

A coleção Valsa de Esquina toma emprestado o título de um conto de Dalton Trevisan, incluído em *Novelas nada exemplares*, primeiro livro do autor. Também presta homenagem às “Valsas de esquina” compostas para o piano por Francisco Mignone.

Fontes Neue Haas Unica Pro, Bembo e Courier Std
Impressão Bartira Gráfica
Tiragem 400 exemplares

Coleção Valsa de Esquina, volume 5
São Paulo, maio de 2018